寫的是傾心

蔡碧航散文集

蔡碧航 著

序　偶然拾起

蔡碧航

關於寫作，我的確荒疏了。

幸好人生總有意外，我把掉落的筆又拾起。

再提筆，寫的是另一種傾心。

二〇一九年歲末新冠肺炎疫情開始襲捲全球，衝擊了經濟，熔斷了航線，也拉遠了人與人之間的距離。對於這隱形的敵人，誰都不敢掉以輕心。

世界按下了暫停鍵，大家停下腳步，大自然也藉此機會復蘇，很多珍稀動植物都有了更好的生機，出現了令人驚喜的繁榮。我也因疫情自肅不出遠門，沒想到因此靜下心來重新提筆為文。也聽聞報刊主編說，疫情期間湧入大量的文稿，許多久已停筆的作者又紛紛恢復創作，這在文學界毋寧是一件值得欣慰的事。

我的朋友從來沒有忘記催促我再出書，但是以往那些發表過的文章收集得零零落落，大都剪下沒貼，或者是貼了沒標日期，甚至清理書房時還不小心丟失了一些。出書，想都不願去想了。

生活裡、工作裡很多事三頭六臂七手八腳的忙著，自己又愛嬉玩，旅行、玩陶、玩畫窮攪和，總有太多新鮮的事物俘虜了我。但若說完全放棄寫作也不是的，接觸過文學的人絕對割捨不了對文字的深情，有時只是轉了彎換了跑道，或是暫停，或是有些波折耽延。

我算是十分波折的，歸因於管理不善。

先是許多文章毀損在碟片或掛掉的電腦裡。後來我想了一個辦法，把隨手寫的文字放在部落格收藏起來，覺得這樣應該萬無一失了，結局卻是「無名小站」和《蘋果日報》部落格關站的時候，我這電腦白痴災情慘重，是那個沒有搬遷成功的倒楣池魚之一。

如此多劫難，再加上散失的剪報，所能集合起來而且要夠好的文章就真的不多了，也給了自己懶散怠惰的藉口（還有一個原因不想告訴你）。

繼幾本散文集之後，幾年前出版的兩本旅遊書，幸有好友琹涵熱心催逼，才下定決心花了很多心力修稿，《搭JR鐵道遊日本最美賞櫻路線》、《搭JR鐵道遊北海道・東北》二書因此得以問世，算是留下一點屐痕。

一晃十年過去，這期間有些紙媒停刊、報刊縮減、書店關門、出版市場萎縮。不惟創作者找不到地方發表，出書更屬不易，恐怕讀者也越來越少了。

文學的確是分流的，讀者各有所愛，作者也是。而且漸漸走入小眾市場。誠然，每個人的內心世界都深不可測。文學分流或許就緣於此，有人越挖掘越深奧、廣闊幽邈，向曲徑人少處行去，終至陽春白雪曲高和寡，識者是千古知音。有人則淺淡清流，雅俗共賞，自成繽紛花園。

我滾在紅塵，但求行雲流水方便順達，所有的滋味只掬一飲，適口即可。所以我看我的書，自得其樂；我寫我的文，任性隨意。閱讀和寫作，本都是可以很個人很自由的，不必管潮流也不必去迎合市場的需求。

我想讀者也是的，自由選擇，自在閱讀。

說說本書的內容吧，主要敘寫歷眼人生的感懷和旅途所思，每一輯標記的意旨差可涵括：

【輯一】詩與遠方

每個人心中或許都藏有一幅至美山水

一生就懷抱著這幅山水尋尋覓覓

遊走他鄉

去到遠方

有時幸遇有時錯身

【輯二】相思筆記

曾經有過曾經

瞋笑帶淚回眸拾起春花，拾起秋葉

以唇封印

壓縮成昨夜容顏

【輯三】故鄉他鄉

迢迢千里

永遠有人鞋底帶著家鄉的泥土負笈離去

永遠有人僕僕風塵奔波在回家的路上

【輯四】紅塵歷眼

紅塵逆旅，總有相與的人

江湖很大，總有相忘的人

不管世情如何，還是要記得吃飯睡覺

把日子過得像花，一朵一朵的開放

特別要提起的是【輯二】，收錄了幾篇早年兩個小專欄的文章。《中華日報》副刊的〈相思筆記〉是選了照片再以短文呈現，彼時很受讀者歡迎。相思綿長，後來又在《金門日報》發表了幾篇。《台灣新聞報》的〈三言兩語〉則是意到筆隨，有長有短，甚至短到四行、五行。真是感謝主編對後輩的提攜愛護，容許這樣的隨意任性。留下這些文字，也是想留住一些稚拙純真，那些短文情感的真摯是極為難得的，站在時間軸線的另一端長距離回望，彷彿可以聽見流水的聲音，看見文字行走的軌跡。相對當年情境，時空雖已不同，本想不選，但重讀再三還是覺得好，狠不下心割捨，其中深情，希望你懂得。

不管書市冷或熱，天下猶有愛書知音的人，我相信。

校對完，才發現我竟是以這樣的一本書向大疫三年告別。

柳暗花明，轉個彎就是幸福！

而且寫了很多旅行的事，我自己都覺得是一本很好看的書。

我寫傾心，希望您喜歡。

本文前段發表於二〇二三年五月《中華日報》副刊。篇名〈寫的是傾心〉

目次

輯二 相思筆記

輯三　故鄉他鄉

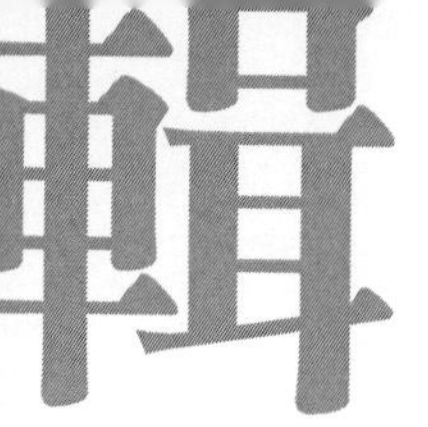

輯一

詩與遠方

每個人心中或許都藏有一幅至美山水
一生就懷抱著這幅山水尋尋覓覓
遊走他鄉
去到遠方
有時幸遇有時錯身

一種相思

一個行人從窗前走過。看見我，一再回首。

我俯身，拾起春花，拾起秋葉，拾起輕笑，拾起怨嗔，以唇封印，壓縮成昨夜容顏，夢裡溫存。

風吹過，書頁翻過，海棠紅過芭蕉綠過。蒼茫轉身，已是千年。黃昏的幕悄悄落下……

倚在西柵民宿的木格窗前，望著暮春三月往來的遊人，我在手機的記事本寫下了這段文字，彷彿某種告白。

然後「咿呀」推開了斑駁的木板門，走到屋前的小河邊。

一座橋，一彎小河，載著遊客的烏篷船欸乃搖過。

風啊 水啊 一頂橋……

風裡彷彿迴盪著木心的詩句，細微，遙遠，輕輕敲叩著旅人的心。煙雨江南，剛剛下過一場小小的黃昏雨，空氣裡氤氳著濕潤的水氣，隱約混合了不知名的花的香氣。

木心，早年讀過幾本他的散文和詩，相隔許多年，這次是在上海的小書店買了另一本詩集，算是再相遇。讀完半本，臨時決定到烏鎮來。坐了兩個半小時的巴士，昨日午後到東柵，一路問路去尋木心的故居「晚晴小築」，一幀一幀仔細閱讀過他在上海的歲月、在紐約的客途，以及在烏鎮的童年。歲月像門前流水，無聲無息流淌向前。颯爽春光距離滄桑流離的日暮黃昏，在時間的光影下竟只是彈指。

雜沓遊人離去後我投宿在西柵臨河的民宿。靜寂的夜，幾盞燈光投射在水面，波光粼粼，有意無意的驚擾著我淺淺的夢。睡得不好，心中像懸著什麼待決未決的事，天未亮即披衣出門。古鎮尚未醒來，石板小徑只有我極力放輕的步履聲。穿過通衢，步過小橋，鑽進仄隘的窄巷，走了好長好長的路，靜悄悄的，等待破曉的辰光。

太安靜了，只有我一個人，走在空寂的巷道。

行經一棵樹下，滴答雨滴落在髮上、衣上，抬頭望去，竟是一樹花雨紛紛落下，米粒一般的小黃花帶著昨夜的露珠，嗶剝嗶剝此起彼落跌了滿地，聲聲敲破了黎明的寧靜。

夢遊一般從昭明書舍走出來時，見一紅衣女子正要跨過門檻，婀娜身影像從詩裡畫裡走出來。不知不覺竟隨她穿街走巷，搭了渡船踏上長橋來到木心美術館。不同於故居晚晴小築，這座美術館就像浮在水面上的木盒子，新穎別裁，卻又簡約低調，極是木心的風格。

木心歷經文革洗禮，進出牢房三次，後來去了美國，他說是「散步散得遠了，就到了紐約」。因緣際會暮年回到烏鎮終老，也算是散步回到了家吧？

美術館收藏著木心的文字詩畫和相關的圖書。最令我震撼的則是獄中書，在六十六張紙上雙面書寫了六十五萬字！

我俯身在一本半個巴掌大的小筆記本前，細小如蟻整整齊齊一絲不苟的鋼筆字，讓我看得全身起雞皮疙瘩。是怎樣一個嚴格自律、高而且冷的靈魂啊！

我起身，問身旁的管理員：

「能拍嗎？」

「妳站遠些拍吧！」

我站得很遠，拉近了鏡頭。回來後去掉雜訊裁剪，只得了一張堆疊著撕下的筆記紙的殘影。

其他的都糊了。

原載二〇二一年七月六日《中華日報》副刊

夜想

夜很深了，我還不想睡覺。

這樣靜沉的夜晚，有一種幽微甜蜜的幸福。尤其美好的是，我被一曲優美的歌聲撫慰著。

難得如詩的詞曲，盪氣迴腸，在靜夜裡婉轉傾訴，宛如溫柔的手輕輕撫觸著你。

這首歌不年輕，一查出處竟已流轉三十年歲月，有許多人唱過，有許多人聽過，但從未這樣的淪肌浹髓直入我心。

是歌者，有豐沛的內涵，完美的詮釋了詞曲，柔情似水的撫慰著聽者的胸臆。

我也相信，是這詞與曲，人世漂泊輾轉浪跡，尋找了三十年，終於尋得了它契合的伴侶，千里迢迢魂魄來依。

詞，與曲與歌者的相遇，是命運，也是不可預期的撞擊。

這樣美好的遇合，也難怪餘音繞樑唱哭了多少痴情男女。

今世的美好，恰是因為人間有情，忒煞情多。
今夜的美好，則是因為一曲情歌，一位歌者的深情演繹。

原載二〇二一年九月五日《中華日報》副刊

窗

夏天的飛鳥來到我窗前唱歌，又飛走了。

泰戈爾的詩句。夏天、飛鳥、窗，多麼美好的圖畫！我也有這樣一扇窗，每天早晨小鳥兒來到窗前唱著歌喚醒我。更有一扇窗，住在我心底，無聊、煩憂，情緒低盪到谷底時，我便會想起那一扇窗，它在遠方。

有一年，我去了紐西蘭南方的福克斯小鎮，為的是看冰川。經營冰川直升機的公司旁邊是一間木造小屋，遠遠的我被一扇窗吸引了，走近時發現是經營早午餐的咖啡屋，空氣裡飄散著誘人的麵包香、咖啡香，一群旅人在內吃著大盤豐盛的午餐，麵包、薯條、烤排、太陽蛋、蘿蔓葉、番茄片……。食物看來十分豐美，我決定冰川行程結束後一定要進去喝杯咖啡。

等我從冰川下來時，小店已快打烊關門，匆匆買了一杯咖啡帶走。向晚時分，窗上玻璃映射著晚霞雲彩，有一種瑰奇豔絕的美。

小窗原本無奇。

藍色的窗框用了三種深淺，深的灰藍、淺的薰衣草藍和天空藍，鋪陳了一種簡約卻不輕省的慎重，對於美感的堅持一點不敷衍。

旅行途中，見慣形形色色的窗，吸人眼球的大都精雕細琢各有巧思，或以形取勝，或妝點得花團錦簇萬紫千紅，相形之下就更顯得這一扇窗的素樸無華。

九月，是紐西蘭南島的春天，萬物孳生，百花爭妍，色澤嬌豔多麗。一束蔓生的花莖順牆攀上了窗框，白色小花朵朵燦開，把藍窗妝點得詩意盎然，不媚不俗，十分出塵。

詩云「窗裡人看窗外花」，而我這窗外人，卻怔怔的望著這窗，望著窗裡的人。想起遠在西雅圖的E說過，她在餐廳見一女侍的兩臂內側分別刺青了方塊字，一曰「輕放你手」，一曰「在我窗上」，她問這異國女孩，懂得中文字的意思嗎？女孩說懂的，也會唸，是很美的詩句。

在這窗前，我也想輕放我手。窗裡茱麗葉，窗外羅密歐，以夢和想像鋪演的故事最是美麗。

很奇怪的是福克斯小鎮和冰川都沒留下多少印象，那一扇窗卻一直在記憶裡典藏，偶爾上網去找，知道咖啡屋如常經營就覺得很安心。前些時再去尋，卻發現咖啡屋已停業多時，未知是受疫情影響，或是這幾年冰川消融太快禁止攀爬流失了遊客？屋外的木桌椅都斑駁了，幸好美麗的窗還在，希望它還有恢復營業的一天。

我把那扇窗的照片放上電腦螢幕當桌布，常常痴望著它，遐想自己就坐在靠窗的小桌喝咖啡。沉思，或等人。

有時對著螢幕上的窗，我讀泰戈爾，夏天時飛走的小鳥兒又回來了，在花朵間快樂的歡唱著。

讀蘇東坡，想他的黃州、惠州、儋州，風風雨雨流離人生。

讀李商隱，巴山夜雨淅淅瀝瀝，窗前燭花忽明又忽暗。

讀袁枚，雪下了一夜，月光盈盈浸透了窗紗。

我把燈熄了。

窗內一室幽微，寧沁、淡遠。

原載二〇二二年十月十九日《中華日報》副刊

寂庵，寂然否？

京都有個地方，是我一直想要重訪卻未能如願，那就是洛西嵯峨野的寂庵。幾年來進出京都許多回，卻總是蹉跎耽延，錯失重遊的機緣。

許多年前的初春第一次到京都，騎著單車，拿著地圖，從渡月橋開始一路按圖索驥，天龍寺、落柿舍、祇王寺……拜訪過許多名剎勝景。

料峭風寒的初春天氣，真冷，凍得我鼻水漓漓。所有的櫻花都還在沉睡，只有少少幾朵探頭探腦，像忍不住的春天。

落柿舍的柿子早已不存，只剩乾枯枝椏伸手撐住鉛灰的天空。路過一戶人家，院裡的柿子樹，竟然還有一顆暗橙乾扁的柿子在風裡招搖。木守柿？是留給冬日雀鳥的便當？或兆示著下一個豐年？

彎過曲折小徑，目的地寂庵。只因剛看完一本瀨戶內寂聽的小說，對主人充滿好奇。

小小一扇木門，小小的「寂庵」兩字。門外沿牆一排墨竹，幾叢雪柳。門內林木扶疏，白色的辛夷花開了滿滿一樹。

我在門前站了許久，引頸張望，庭院幽深闃寂不見人影，這日應該沒有法會講座吧？就算有講座我也不敢冒然叩門參訪，私心裡卻非常期待能夠巧遇主人，即令遠遠望上一眼也是好的。

瀨戶內寂聽，真乃世間奇女子。

一生行事，有毀有譽，有愛有憎。但她不在乎別人如何看待她，不理會戒律規範，恣意縱情，坦言耽溺男色，周旋在眾多男人之間。她的名句是「愛伴隨著痛苦」、「不要怕被傷害，勇敢的去愛吧」……。所寫作品環繞情色和女性覺醒，被冠以「子宮作家」的譴名。

她像飛蛾撲火，愛到被拋棄懷疑人生，兩度自殺未遂。其實是內心深處的虛空無以填補、無法超脫吧？轉而尋求信仰的救贖，卻一再遭拒，沒人相信一向放浪形骸縱情任性的她會真正割捨紅塵收心養性。最後是天台宗的今東光大僧正收留了她，五十一歲在中尊寺剃度出家，法號「寂聽」。

寂聽！這個法號取得真好，源自「出離者寂，然聽梵音」，示現著另一種超凡、寂靜、高遠、卓然的心靈境界。

出家前是「瀨戶內晴美」，出家後唯有「瀨戶內寂聽」。兩個不同的名字，兩段截然不同的人生。「出家雖然活著，也如同死了一般。」寂聽如是說，也許靈魂早已脫離滾滾紅塵去到遠方。

但一生的精采，絕非寂然無聲。

「寂聽」入了佛門，完全杜絕男色，虔心深研佛法，每月興辦法會，弘法講道渡化眾生，極獲信眾的追捧。然而她依舊酷愛美食美酒，不避諱在觀眾面前大口喝酒吃肉，自言只要脫去袈裟就無妨礙。沒想到大家也都能接受這樣的她，佛教寺院也不再干涉，每場法會都是座無虛席，一票難求。後來更當上敦賀女子大學校長、天台寺寺主、禪光坊住持。

寂聽最大的成就仍然是文學，對於寫作的堅持始終如一，獲得許多重要文學獎、文化功勞獎，以及最高榮譽的國家文化獎。晚年的寂聽依然活力充沛寫作不輟，最希望的死法是「執筆創作，倒在書桌上死去」。

寂聽真性情，深刻體會人生百味，活得淋漓盡致。笑起來聲音宏亮，前俯後仰，童顏清純，笑靨如花，耄耋之年跳起德島故鄉的阿波舞依然曼妙活潑。很少看到這樣可愛的老人，難怪不論老少大家都喜歡她。

二〇二一年十一月，瀨戶內寂聽乘鶴歸去。

今年的春天已經來了，院子裡的辛夷和櫻花都會依約開放。

主人不在家。

寂庵，寂然否？

原載二〇二二年三月二十日《中華日報》副刊

京都魅惑

本文是為某本書寫的推薦序節錄。

奇妙的機緣，不熟的出版社編輯，透過我在 UDN 的部落格，要我為即將出版的旅遊書寫推薦序，由於正忙著許多事，取稿時間又略嫌緊迫，所以婉拒了。編輯回應：「要說明的是，我可不是找不到人寫序喔……」過了兩小時，我主動聯絡：「好，我寫！」忙嗎？有人說得好，時間像乳溝，擠擠就有了！

多年前的事了。

超愛旅行的我，喜歡到陌生的地方自在遊走，喜歡和陌生人若即若離的交流。我想愛旅行的人血液裡一定有著喜歡流浪的因子，做過浪跡天涯的夢。旅行，正是這種夢想的微型，尤其是自助旅行。這種旅行的重要元素是：距離、陌生、未知，再加上幾分的冒險，挑動著愛做夢的旅人的心。

我喜歡的旅行，是在陌生中還有熟悉，有著似曾相識的溫暖感覺。喜歡陌生人的善意和親切，喜歡萍水相遇時相互的體貼。我想，或許便是這種心情，為旅行帶來更多不可預期的快樂。

所以，有些地方我會一去再去。走過的路再走一次，彷彿就踩在上回的足印上，腳底微微透著溫暖，也喚回了昔日的記憶。如果幾年前投宿過的民宿主人還記得你，或曾經造訪過的咖啡館還在街角亮著燈光迎接你，那就更有賓至如歸的幸福感覺了。

京都，正是這樣的地方，有點陌生，有點距離，有點神祕，卻又有幾分熟悉，幾分懸念，讓人想一去再去。

二十多年前，第一次，我帶著川端康成的《伊豆舞孃》遊伊豆；第二次，帶著《古都》這本書去尋訪京都。

初次拜訪，這令我魅惑的千年古都，如此遙遠，卻又近在眼前。我咬了自己的手指，證實的確是行走在京都的街道上。

櫻花開的四月，依照《古都》書中的敘述，我賞過平安神宮的紅色枝垂櫻和池泉庭園，然後安步當車，行經青蓮院，繞道南禪寺、知恩院、圓山公園、八坂神社，向著清水寺而去，路途的確有些遙遠。登上清水舞台時，正是暮色四合的黃昏，夜間拜觀和賞夜櫻的人潮漸漸聚攏來。

京都四時景物如畫軸。春天，躑躅徘徊，流連春光，賞不完櫻開櫻落櫻吹雪，一程又一程的走遍白川通、木屋通、哲學小徑。秋天追楓追到嵐山，追到高雄的三山三寺，如霞楓色，像一把火，點燃了古寺名園和城郊的漫山遍野。冬天，清寒冷冽，有時雨雪霏霏，在冷風裡鼻水濔濔的遊賞覆著薄雪的名寺，凝重的黑和瑩潔的白，益顯肅穆莊嚴，天地不再需要其他顏色便已是大美。或躲進一間小小的咖啡室，貪戀一室的溫暖。

最難將息是夏天，京都的炎炎暑熱是十分驚人的，我幾乎是晝伏夜出了。黃昏，逛完新京極、錦市場，巡過高島屋的生鮮超市之後，踱步走到鴨川畔，習習晚風吹來，夜露沁涼，直坐到夜深人潮散去。心裡在想些什麼呢？好像什麼也不想，只覺得安適、慵懶，腦袋放空了，心底的某個角落卻充盈滿足了。

都說京都是依據唐朝的長安城為藍圖而興築的，街衢巷弄處處有長安的影子。尤其是走在寺町通這樣的老巷弄裡，古樸黝黑的木屋町家，一長排迤邐過去，恍惚竟是走入唐朝，走入長安。

某個夏夜，漫步在鴨川旁的窄巷，偶一抬頭，一輪明月高掛天上，依稀長安月，今夜分外明，叫人感懷時空的奇妙置換。旅人的心，匆匆緣會，有人就此別過不再來，有人才只看一眼便忘不了，魂牽夢縈變成思鄉與歸鄉的輪迴。

京都魅惑，又豈止是我的綺夢、你的鄉愁？

寫於二〇一二年二月

今夜櫻花不睡覺

將夜，我從橋本關雪紀念館出來，踏入哲學之道的櫻花叢裡。

下著微微的細雨，賞花人尚未歸去。

櫻花正盛放，雨絲落在花上凝成了水滴，掛著水滴的花瓣映著燈光，像亮著一盞一盞小小的燈籠。

心中突然一動，覺得櫻花正秉燭，她不想睡覺。

京都的櫻花很依戀人，越是人多的地方越是開得熱烈，迎著你，像淺笑盈盈的舞伎，輕啟櫻唇欲說還休。走過高瀨川旁的小徑，櫻花拂過水面，拂上了衣襟，好像要親你、吻你。

白天看花看不完，夜晚還是看花去。沿著高瀨川走兩回，再沿著白川走到八坂神社，走到圓山公園去。一路上白川蜿蜒，河岸旁的木屋隱隱約約傳來音樂和嘻笑的聲音，透過如垂簾一般的枝垂櫻望進窗內，燈色迷離，人影綽約，許多旖旎故事正在上演，引人遐思。夜櫻不睡覺，她看著人間離合悲歡。

我和櫻花一樣，喜歡這樣的春夜。

圓山公園裡聚集了一群又一群的賞花人，鋪地為席，有人低聲談笑，有人縱情歡飲，舉杯邀櫻花共醉，不醉毋歸，今夜不睡覺。或醉倒櫻花樹下，蓋一床落櫻織就的錦被。

或者到平安神宮去，趕上一場音樂會。曼妙的音符在幽微的夜色裡迴盪，柔美燈光下的櫻花，投影水面，春風裡舞動的纖纖素手，彷彿也在輕輕彈動，撫慰著你的心。這真是一場美好的盛筵。

這樣的春夜，我和櫻花一樣，不想睡覺。

沿著白川走回旅店時，我一路尋思。櫻花已開到盡頭，花事何其匆匆，雖是一年一會，櫻花年年依約前來，她會否記得去年的賞花人？

不捨春光，今夜我和櫻花一樣，不睡覺。

原載二〇一一年三月十二日《中華日報》副刊
並收錄於《搭JR鐵道遊日本最美賞櫻路線》

紫丁香冷

我在札幌。

從地鐵中島公園站出來，在公園裡繞了好幾圈，硬是找不到渡邊淳一文學館。攔了幾個行人問路，不是指給我「北海道文學館」，就是指向「豐平館」。後來乾脆把「渡邊淳一文學館」幾個字寫在紙上再問人，出乎意料竟沒人認識。

開導航，聽從指令向左向右亂轉一通，一直在附近打轉。偶然間抬頭一望，目標不就在正前方？一個很平常的住家建築，和我想像的文學館非常不一樣，更不會去想是安藤忠雄的作品。

這大概是安藤忠雄設計的最小展覽館吧？二層挑高建築再加一個地下室。建築語言是「雪地中單腳站立的鶴」，一根斜插的水泥柱，從一樓直上二樓，單腳站立，的確是有那個意象。

這是個私人展館，原屬大王製紙企業。據稱渡邊淳一和井川會長同是銀座一個俱樂部的酒友，和安藤忠雄也相熟，因此成就了這個展覽館的建館機緣。渡邊說了：對於在世就擁有這樣的文學館，他覺得很不好意思。

後來這個文學館賣給了青島出版集團，是因來參觀的人數日減，而當時渡邊的作品在中國境內正有一波熱潮，出版了好幾本渡邊的書，銷得相當不錯，青島集團買下文學館，就是希望能夠吸引更多的中國人到此參觀。出版《鈍感力》中文版的時候，渡邊還特地飛到上海辦簽書會。彼時我正在上海，剛好買了《鈍感力》，本來也想去親睹作者本尊並索個簽名，終因害怕非理性的擁擠人潮而作罷。

小小的文學館，安藤大師操刀果然是頗具特色的，延續灰色清水模主體，再以光影打造獨特風格。二樓整層展示空間，展出渡邊創作年表、手稿、收藏、生活器物、得獎紀錄，以及生平各階段的影像介紹等等。比較特殊的則是關於一本書如何從文稿到出版發行的過程，有很詳盡的介紹，對於初學寫作的人來說是頗有助益的。

一樓是休憩閱讀區，一整面牆的大書架，排放渡邊所有出版的書籍，可以自由取閱，看著就覺書香滿溢，點一杯咖啡靜心閱讀，特別有一種親近作者的覺知。我去時，兩個小時的時間裡全館只有我和旅伴兩個人，營業狀況確實是不佳的。當時只賣咖啡，最近查了官網，好像已兼營餐飲，披薩、義大利麵都有，還有蛋包飯、清酒等等，料想營收應是稍有起色了。

渡邊的小說最廣為人知的應是《失樂園》，也拍成了電影。書和電影我都看過，大凡原著若拍成電影泰半會失去一些韻味，甚至獲得差評。《失樂園》算是好的，情與色在肉慾橫流中仍不失美感，結尾一幕尤其拍得好，白茫茫一片嚴冬景色，男女主角的魂魄脫離了軀殼，兩人攜手前行，一路絮絮低語回憶：

五歲時我在蓮花池迷路孤單一人／七歲父親給了我棒球手套我抱著它睡覺。
十四歲第一次穿絲襪／十七歲甘迺迪遇刺。
三十八歲春天我遇見你／五十歲第一次為一個女人傾心。
三十八歲冬天我們永遠在一起／永遠。

漫天飛雪中，音樂由高昂而遠揚。畫面真的很美，這是原著書中所沒有的。

渡邊的小說我只看過幾本，比較喜歡的是《紫丁香冷的街道》，因為我把它當旅遊書來讀了，就像拿著川端康成的《伊豆舞孃》遊伊豆、拿著《古都》遊京都一樣。

每到札幌，必定會去北海道大學，也會去北大植物園，腦海裡自然而然想起在北大修完醫學博士，當過講師和骨科醫生的渡邊，也想起《紫丁香冷的街道》這本書，還特地去找過辦公室旁邊那棵高大的紫丁香樹。

五月札幌，櫻花季的尾巴常常就碰著早開的紫丁香。再晚一些，滿城紫丁香爆開，粉粉紫紫，空氣裡飄散著或濃或淡的紫丁香特殊的氣味，很難不想起書中的浪漫相遇。

札幌街道橫直排列，整整齊齊像一盤棋，像座標，沒有名字，只用方位和數字來標記，其實是很冷漠無情的，冷天冷地，若沒有幾分浪漫情懷來燃燒取暖，行走其間必然會覺得少了溫度和血色。

五月札幌，紫丁香，冷！

原載二〇二二年七月二十一日《金門日報》副刊

知床，在遠方

北海道的知床半島，彷彿遠在天地的盡頭。

二〇〇二年初旅，說實在只是慕名和誤闖，蒐集到一點點資訊，就隨隨便便踏入了這個祕境。去過之後卻是非常震撼的，不只因為知床半島遙遠、美景天成，尚未受到人為的破壞，也因為它神祕，旅遊的訊息不多。

更大的感動則是來自一項對大自然的保護運動。

一九六四年知床半島被列入日本第二十二座國立公園，引來投資客的覬覦炒作，大肆收購土地準備開發，幸經當時的斜里町長藤谷豐不斷的斡旋努力，最後取法英國的「國土信託」方式，推動一項命名為「知床一百平方米國土信託運動」，募資買回知床半島被出售的土地。二〇〇五年知床半島獲選為聯合國教科文組織世界自然遺產。

這個超越個人生涯的百年大計真是讓人動容，一代一代的傳承，百年基業，除了購回土地，還有一套完整的長程計畫，分段完成原生林再生、復原生態環境、建立人與自然的關係，希望人類與大自然能夠互利共生，和平相處。

如今的知床五湖已有周全的管理，為了保護生態，把入園時間區分為「植生保護期」、「棕熊活動期」、「自由利用期」等三個階段。特別是在每年五月十日到七月三十一日的棕熊活動期，必須申請領有執照的專業解說員帶領才能進入，以策安全。八、九月適值植生保護期，雖有每小時三百客流的限制，但只要報名並接受十分鐘的解說便可入園。然這行程還真的需要有幾分好運，有人專程去了幾次都不得其門而入，因為原生林受天候的影響太大，時晴時雨的天氣很難預測，連氣象專家都說不準的。

行前先給自己打了強心針，天雨決行，即便是踩爛泥，即便進不了五湖，至少可以上去高架木棧道眺望一湖景色，了卻一樁心願。

前一日，投宿於網走車站前的旅館。

睡前再查了天氣，知床國立公園除了下午下過一場雨之外，入夜已經不下了，安心的上床睡覺，準備早起趕搭第一班到知床斜里的電車。

知床五湖的志工會在每天清晨巡察園區，看看有沒有棕熊出沒，確保安全之後，上午七點半左右會在推特（Twitter）上公布園區狀況、氣溫、注意事項以及開放時間，方便遊客取得最新的訊息。

從網走搭電車到知床斜里。再轉乘斜里巴士到知床五湖，車程一個半小時，沿著海岸前行，一邊是波瀾壯闊的鄂霍次克海，一邊是知床林帶，景色雄偉奇麗。

我們一行多人，怕被分到不同的梯次，所以事先上網報了名。一下車園區的工作人員就來接我們了，把我們領進接待處。

第一件要務是檢查包包，把所有的食物、雜物用塑膠袋裝好，放進籃子裡統一保管。再參加十分鐘的講習，解說員會要求你真正聽懂，才能確保安全。

然後領了核准的證件就放行了。未來此之前每個人都發願想要看到棕熊，但是如果真的有棕熊出沒，除了受到驚嚇，這個五湖行程也就泡湯了。

遇到棕熊，必須慢慢的退後返回通報，然後工作人員立即關園清查，確定沒有熊蹤才會再開放。這個清查工作至少費時二小時，有時一關就要到隔天甚或好幾天後，我們是不可能耗在那兒等待的，行程當然也就泡湯了。

所幸一切平安，順利入園。

一進到密林裡，與這祕境大自然同呼吸，頓覺天地大化偉哉壯哉，一種神祕幽邈的氣場，讓人感動得說不出話來。

二〇〇二年我初來時遊客尚不多，設施未臻完善，五湖通常也只開放三個湖，所以那次並未完成五湖全覽。這次再來是懷抱著極大期望的，又怕朋友們興趣缺缺，故而再三洗腦勸誘：

「來了道東，不到知床五湖，等於沒有來過！」

「來了知床五湖，不走走地面步道，那就太虧了！」

連拐帶騙，就這樣把朋友們帶進了五湖園區，而且挑戰全程三公里的大圈。

其實這個大圈遊步道，在這樣晴朗的初秋天氣，走起來是十分舒爽暢快的。五個湖，就像五顆晶亮美鑽，在廣袤原林裡熠熠輝耀。每個湖各有不同風姿，再加上林木蓊鬱、植被豐饒，知床連峰時隱時現投影在湖面，真是此景只應天上有，不似在人間。

且行且賞，循序賞過五湖、四湖、三湖、二湖，然後繞過一湖上了高架木棧道，在高架棧道上欣賞一湖和知床連峰，更覺天寬地闊景色無匹。

大家笑說如果人品更好些，在這時看到棕熊出沒應是最理想的，再無遺憾！因為高架木棧道是封閉的，周邊配有電網，遊客絕對安全。

出了高架木棧道，正好費時二個半小時，搭巴士到自然中心午餐。然後心滿意足的趕上回程巴士轉乘釧網本線電車，前往釧路。

今日完勝！

原載二〇二一年八月十日《中華日報》副刊

遙遠的祝福

有一段時間，不管日本或台灣的網站，都在炒作《天空之城》。這個位於日本兵庫縣朝來郡的竹田城，據稱保留了十五世紀室町時代竹田城的宏偉城跡，賞櫻、賞楓皆宜，尤其秋天的雲海更是勝景，是日本百大名城之一，也號稱是日本的馬丘比丘。

我們一群朋友說了好多次要去探訪這個勝景，主要原因是朋友的外甥女在那兒開了餐館和民宿。

說到這個小友，自從嫁到日本之後就一直懷抱著心願，不想委屈窩在家當個家庭主婦無有作為，想要出外工作賺錢，想要擁有自己的經濟實力。我們都想，是日本的家庭主婦太辛苦，她不想被束縛吧？

初始，她和先生住大阪，先生經常奉派出差中國，一去半年一年，很不能適應兩地文化和生活習慣的差異，就辭職了，舉家搬回兵庫縣的鄉下。先生繼承了老家的一筆田產，也在區公所謀得一份差事，她則學著務農。

生活是安穩的、平靜的，沒有太多的趣味。在這個小小弱女子的心中，一定是非常的不甘心吧，天天汗滴禾下土，再加上柴米油鹽雞毛蒜皮。鄉居民風閉塞，生活水波不興，她覺得先生太沒企圖心，太耽溺於現狀了，走不出傳統刻板的生活圈。於是她給自己立下了一個長遠計畫，為了日後有能力創業，她去學居家護理考了執照，去養護中心上班，想要賺取自己的第一桶金，夢想將來開個餐館。

每次回台，她就抓緊機會拜師學藝，學做肉臊飯、筒仔米糕、油飯、水餃，辛苦的勤練十八褶小籠包（結果只練成了十二褶），甚至燒烤、波霸奶茶、冰沙、台式茶藝等等。看她時常來去匆匆奔波於台日兩地，也不知學會了什麼，倒是常見她帶了材料回日本，有時也請她阿姨幫忙寄食材，想必是勤加練習，日日精進吧？

轉眼十幾年過去，之間也聽說看過許多店面，評估過經營的風險，但是餐館還是遲遲沒有開張。但凡準備好了，機會的到來就是水到渠成。她觀察到居家附近的竹田城跡漸漸有人來參觀，僻靜的鄉道人車往來增多，也剛好有人要盤讓一間小店，機不可失，她立刻租了下來。生意就這樣做起來了，她成了飲食店的老闆，還上了電視和當地的觀光摺頁，主打道地台灣味，是廣受好評的必吃名店。

竹田城跡的觀光配套正在逐步推動進行，她後來又標下了一棟老宅，改造之後經營民宿，很受背包客的歡迎。雖然有淡旺季，但她運籌得法，淡季就專注於經營台式餐飲，有幾道拿手好菜擄獲了當地食客的心。

台上一分鐘，台下十年功，一個堅強的異鄉女子，準備了十多年完成開店的心願。雖不巧遇上世紀大疫，全球各地災情慘重，日本也不能倖免，民生經濟真不是一個哀鴻遍野可以形容，幸好情勢已有好轉，黑暗隧道終有走到盡頭的一天，各景區漸漸有了人潮，《天空之城》正逢一年之中最佳的賞雲海季節，客流慢慢的回歸趨穩了。

更好的消息則是她的女兒來台上了四年大學，華語說得溜溜轉，已畢業回國任職觀光案內所，業餘則幫忙民宿的工作，相信路是越走越順的。

春天，永遠跟在嚴寒的冬天之後到來。

原載二〇二二年十月二十七日《金門日報》副刊

咖啡有餘情

我在等一個結果。

心神是頗不寧靜的，整天滑手機，搜遍天羅地網也變不出新的訊息來。晚上不想再讓腦袋昏茫胡思亂想，就來追劇吧，看的好像是紀錄片《咖啡人生》，我沒仔細看片名，也沒很仔細的看內容，沒看完。

拿坡里古老的城市，古樸屋舍，石坂巷道，一種時光靜純緩慢生活的氛圍。是法務部附設的一個咖啡館吧？有咖啡師手把手教導那些遊童、更生青少年，習得謀生技能，輔導走上人生的正途。

也看到「待用咖啡」這個名詞，有人喝了一杯咖啡結了兩杯的錢，留下一杯待用，需要咖啡而沒錢買的人，只要從紙盒裡拿起收據紙交給櫃台，他就能得到一杯煮得很好的相同的咖啡。陌生人幫助陌生人，施與受都不尷尬。

記得上次去美國，忘了在哪個城市的Peet's咖啡館（或忘了名字的咖啡店），早上店主會準備一大桶煮好的咖啡讓人取用，我看到很多上班族投了兩角錢倒一杯帶走，好像不投幣也是可以的。

很多人早晨不來一杯咖啡是無法工作的。

也有人沒錢買咖啡，但渴想咖啡。

大清早的代代木公園少有遊人，只有穿過公園急匆匆趕路的上班族，地上的落葉被掃過了，還留有竹帚劃過的痕跡。一位老先生坐在鐵椅上悠閒的看著報紙，我問路和他攀談了起來，聽他說了一些訊息覺得有用也有趣，彼此相談甚歡。離開時我去買了一杯咖啡請他喝，他含笑舉杯致意。我邊走邊想突然有了領悟，大清早坐公園看報紙的老人極有可能是遊民，他身旁的小推車說不定就放著所有家當，報紙也可能是垃圾桶撿來的，但是拾掇得乾淨清爽，而且斯文有禮。後來見多了，知道這樣的遊民在日本並不少見。很高興我請他喝了一杯咖啡。

旅行途中最大的驚喜是發現一家好咖啡館。有時在街角巧遇，這樣的老咖啡館泰半是一位中老婦人經營，常客是左鄰右舍，特別有一種家常的和煦溫暖。走著走著正好又渴又累想歇腳的時候就會走進去，一杯手沖黑咖啡、一塊小蛋糕，有時也可以來個咖哩飯，再加幾句比手劃腳的閒聊，總是能恰到好處的熨暖了旅人的心。

很多文學名著是在咖啡館完成的，誠然是「我不在咖啡館，就是在前往咖啡館的路上」。本來我以為坐在咖啡館寫作，就一定要心無旁鶩認真筆耕敲鍵盤，非也，更多的時候是坐在那兒沉思、看人，窗前過客的衣著、表情，或鄰座的談話，都有機會出現在小說中。有位作家就對店老闆說會把他寫進書裡，至於是好人或壞人就看當下的心情，或許哪天老闆失手煮給他一杯燒焦的或清清如水的咖啡，那就必定要設計成鄰里大惡人才能解氣。

有趣的是這樣的咖啡館竟有特定專屬的桌位，例如二號桌是不准打擾桌，連遞送咖啡也得輕手輕腳，因為作家正在寫作。一號桌是吵架桌，要吵架就到那兒去。十四號桌是死亡桌，聽聞坐過那桌的人後來都和死神握了手……

這些老咖啡館的人情溫暖堪比咖啡香。然則今人找咖啡館大抵首重氣氛裝潢，或咖啡師得了什麼獎，或者像某名牌咖啡連鎖店個個執壺的都是男帥女美。喝咖啡找咖啡館，真正的人情溫暖很少見了，我覺得。

能遇，是幸福！

原載二〇二二年十一月六日《金門日報》副刊

在最美的時刻

久違日月潭！

來過不止十次，但很少能走遍各個角落，也很少能全覽湖光山色。

幾十年來日月潭有著極大的改變，曾經繁華興盛，遊人如織，也經歷過九二一大地震的重磅摧殘。幸好中央山脈不會倒，日月潭不曾涸到底，重建之後清風明月、水色山光依舊在，撫慰著歷劫的創傷生靈，只遺憾邵族原民文化備受蹂躪，難以完整復原。

昨日來時，黃昏微雨，遠山籠著輕霧，湖面水氣煙迷。人在薄霧中特別有一種仙氣，心境空靈清透，盡滌塵囂俗濁，靜美氛圍讓人流連忘歸，直到夜露沁涼。約好了今晨朝霧碼頭看日出。

看日出，其實我心中是猶豫的，因為不一定天晴，而且我想我是起不來的。向來貪愛夜晚的寧靜，看書、聽音樂甚或只發呆胡思亂想都覺是莫大的享受，晚睡晚起自然就睡到日上三竿酣眠不覺曉。所以要我早起真是不太可能的事，除了某些不得不的原因，例如趕車、趕飛機或旅途中錯過可惜的景點。

臨睡前我還是設定了鬧鐘，日出時間 AM 5:40。

來到朝霧碼頭，我猶在半昏矇狀態，眼睛尚未完全睜開。天色也是半昏濛的，潭面輕風細浪水波不興，只有漣漪悄悄微笑。泊岸的船也還沉睡，像搖籃一樣輕輕、輕輕的晃動。

抬頭望向中央山脈，遠近群峰濃墨淡煙，深的藍，淺的灰，霧的紫，層層疊疊洇染成一幅潑墨山水，如夢似幻禪境幽遠映示著天地大美。

晨光曦微，一輪初日慢慢的衝破雲層，從水社大山的上方露出臉來，瞬時萬道金光輝燦炫目，湖面閃動著粼粼波光。鍍著陽光金粉的景色更加明麗了，晴陽豔豔，青山綠水，蔚藍天空浮著朵朵白雲，好一片江山似錦！

徜徉許久，臨離去時我醺醺然，遺落了一句詩在湖面。

這情境堪比當年痴心去追河口湖逆富士的心情。

那年迢迢由JR水戶車站一路轉乘，經上野、新宿到河口湖，就只為了親睹富士山的倒影。

到達的時候也是黃昏，投宿在湖邊的旅店，推窗一望，驚見一抹彤雲罩在富士山頂，心中真是驚喜莫名。眼前有湖有山，一幅好景讓心情大好，睡前調好了鬧鐘，告訴自己一定不可賴床，一定要早起去尋逆富士的蹤影。

一夜淺淺的睡著。披衣出門時是清晨四點五十分，天才濛濛亮，沿湖的旅館和商店，仍然燈影迷離，將醒未醒。

走到湖岸，曉露沾衣，但見湖心幽藍，富士山的投影隱隱約約，將顯未顯。許多人架好了相機靜靜的守候著。

隨著晨光初透，湖面的逆富士倒影漸漸清晰，不多時山頂染上胭脂紅，是清晨霞光映射，這難逢的美景多麼動人心弦，舉著相機咔喳猛拍，心中滿溢著感動。

然後沿著湖岸走向河口湖大橋，天色漸漸亮了，來了一群水鴨，又來了一葉扁舟，攪動湖面，圈圈漣漪向四周擴散，富士山的倒影也搖搖晃晃乘波而去，漸漸消失了。

心滿意足的沿湖散步徐行，然後回旅館吃早餐喝咖啡，舉杯向著富士山：

「早安您好，感謝美好相會！」

昏濛破曉，旭日東升一日初啟是十分驚天動地的，兩次湖上觀日出都令我心神為之震懾，我想人生的至美就在這一刻吧。尤其日出前的那一段昏濛幽境，正是至真至美至純的一刻。

每個人的心中或許都藏有一幅至美山水，彷彿生來內建，一生就懷抱著這幅山水尋尋覓覓，遊走他鄉，去到遠方，有時幸遇，有時錯身。

幸遇的感動無以言說，然對於這至美卻又常常不知足、不珍視，過了一山又一山，渡了一水又一水，山重水複，行行重行行，永遠在追尋，永遠在嗟怨。直到有一天驀然回首，最美的時刻已遠去，錯過的豈止萬水千山。

幸好山水一直都在。

等待人們塵世輾轉風霜滿臉回頭再來尋，此時看山是山，看水是水，迷霧散去，照眼會心，心中一定會滿懷感激。

幸好山水一直都在！

原載二〇二一年十一月十八日《中華日報》副刊

季節的容顏

朋友送給我一把烏桕的果實，用彩紙包紮還繫了緞帶，像一捧美麗的花束。這捧花太令我驚豔。

原來她每年十月都會去採集成熟的烏桕果實，連枝帶葉。然後花費好幾天的時間，仔細的剝去黑色的硬殼，梳理枝條，再紮成花束，或插瓶，或掛牆上裝飾，可以美麗一整年。

收到花束的朋友都很驚奇，在Line群組裡引起了不小的討論。都說認識烏桕樹，但從未見過它開花結果。

有朋友家中庭院就種了烏桕樹，十多年了，長得高大粗壯，但除了綠蓋如傘和偶見的紅葉，什麼都沒見過。大夥兒調侃她一定是種到了公樹吧。烏桕樹有公有母嗎？一陣嘻哈之後沒有結論。

我從前居住的小區也種了一整排的烏桕，年年長高，由一樓直上三樓，枝椏伸張，很多住戶嫌它遮擋了陽光，每到入冬都要找人修剪，剪得光禿瘦稜，來年再發新芽。所以一年四季大概都只見新芽綠葉，以及秋天轉紅飄落的小小紅葉。從沒見過它開花結果。

那幾年我大概太忙吧？日子過得潦草不經心，像旅途匆匆，隨團東奔西走的行程。人生有許多的不得不，每天早出晚歸，沒有閒情抬頭望天、望樹，更不記得烏桕長成了什麼樣子。

收到烏桕花束，我分了一小把拿去給老鄰居，問她：

「妳看過這巷子的烏桕開花結果嗎？」

她說有啊，在最高的修剪不到的枝椏上，現正開著花呢。指給我看地上細小如米粒淡綠色的落花，一隻鴿子正「咕咕，咕咕」的啄食。

她細看手中的小花束，驚嘆烏桕瘦黑的果實怎會變成這般美麗，脫去黑色的外殼，微微開啟的種仁，恰似潔白的群聚的小花兒，微笑著，歡欣著。

送我烏桕花束的好友慧心巧手，腦海裡有自己的時序節奏。她知道什麼時候種瓜，什麼時候種豆，什麼時候水養一瓶蒲葵，什麼時候去郊野採集烏桕果實，或野山芥，或做清明粿的艾草。春天的潤餅、端午的粽子、中秋的麻糬、冬至的湯圓，也都歡歡喜喜親力親為。

她的小園更精采，藏著許多驚喜，種些奇奇怪怪的花草，鹿角蕨、捕蟲的豬籠草、許願藤、瀑布蘭、紫鳶尾……

最讓我驚訝的莫過於一盆曼殊沙華，彼岸花。生生世世花葉不相見，一步一花相接到天涯的曼殊沙華，在我心中是神祕幽冥而且魅惑的，每一想起就覺花與葉天上人間遙遙相望，彷彿有怨、有恨，綿綿相思無絕期。一陣寒涼油然襲上心頭。

朋友種的曼殊沙華年年來報到，只開一枝聊表心意，而且花葉相依相扶，看著就感覺心中舒坦溫暖許多。曼殊沙華，不再那麼冷寂憂傷拒人於千里。

跟著節氣生活是幸福的。

春花，夏綠，秋楓，冬雪，季節的容顏依約輪替，一期一會，值得萬般珍惜。

原載二〇二二年五月十五日《中華日報》副刊

梅花醉

趕著上山，站在一棵梅樹下時，天才濛濛亮，霧迷煙鎖。

我守著橫斜的一段梅枝，墨黑的骨幹著花點點似珠玉，卻含露將開未開。太陽還沒出來，所有的梅花都還在睡覺。

等到晨曦初透，一縷朝陽破霧而來，薄透瑩白的花瓣漸漸舒展開放，光影流麗幻化萬千，彷彿真的能轉出前世今生，一花一輪迴、一花一世界。

走出梅園看到那幢老屋時，腦海中浮現的是「茅屋三椽，老梅一樹」的詞曲旋律。一個婦人走過，入鏡了，彷彿正從屋內走出來，呼喚著嬉玩的孩子回家。

斑駁的木板牆，染上苔綠，梅枝橫斜，疏影離離，開著點點白花，映著兆豐年的大紅春聯，所有的春色都在這裡了。許許多多的賞花人也集中在這裡，一波又一波，嘈雜喧鬧，驚得梅花都要跌落滿地了。

我想最美的梅花應是不惹塵泥的，最宜開在懸崖邊、溪澗旁或牆角下，有高士騷人賦詩吟詠，或開在綺窗前深得美人盼顧。

記起有一年冬天的偶遇，深山有幽人，他帶著我們穿過幾十頃茶山去尋梅，空氣裡茶香梅香暗流湧動，沁人心脾。

走了一程又一程，一路談著他的梅妻。入冬以後，每日來回幾十里無休止的探視，流露的情深繾綣讓人感懷。隱約裡，我卻不小心窺見了他眼眸深處的寂寥。山居有五間房，他說星期一到星期五五個房間輪流睡，週六和週日想睡哪間就睡哪間。不敢問他因何離塵避隱，山中日月長，一個人住這麼大的房子，只有幾里外的梅妻和幾隻白鵝，會不會無聊到像六宮粉黛要翻牌來選？

是個有故事的人，是怎樣的情懷，怎樣的千折百迴？滄桑歷盡欲說還休？

紅塵逆旅，總有相與的人。

江湖很大，總有相忘的人。

幾波寒流來襲，想起故人幽居，不知茶山深處的梅花開了沒？

原載二〇二一年二月十一日《中華日報》副刊

說起聖稜線

我呼喚山
山若不來
我去就山

這是穆罕默德最經典的一句話。
山，在那裡。
愛山的人在山路上，一程又一程。
我不愛登山，視山路如畏途。但山的尊貴、山的豐富、山的美麗，讓我嚮往敬畏。
山與遠方，是詩是畫。
山高水遠，都是挑戰。
夏蟬不可語冰，害怕登山的我對於登山之樂是無從深刻體會的，我的朋友都不敢約我爬山，每次山中行僅止於低海拔老少咸宜難度最低的那種。

我曾問過熱愛登山的朋友，山路辛苦，也有許多不確定的隱藏危機，人生有許多不同的樂趣可以選擇，為什麼非要登山不可？

他說：

登山路猶如人生路，都需要努力的。他喜歡在跋涉的山路上和自己對話，觀照自己、省思自己，很多難解的課題都在山路上想通了。一步一腳印，步步踏實，牽牽絆絆的雜思雜念也梳理清楚了。

他還說，登山不在於征服，而是一種歸服的親近吧，沐在山林綠意裡，或走在一小段稜線上，那種天寬地闊渺滄海一粟、卻又安心安全感覺被宇宙擁抱與天地呼息相應的感動，才是最大的幸福。

走在山路上的確是生活裡最難得的安靜時刻，所以他雖是日理萬機的企業家，也總要找出時間，隔不多時便要去爬山，有時結伴，有時獨行。

我有一次最難忘的登山經驗。

那年不知天高地厚很欠考慮的去了尼泊爾半個月，以為不過就是旅遊，沒想到竟是誤入高山，從加德滿都搭巴士到波卡拉，我們有四天的山中行程。

前一日採購裝備時我竟扭傷了腳，腳踝腫得像饅頭。在旅館冰敷許久沒有消腫的跡象，領隊看了憂心，無奈的問我，能否一個人留在波卡拉，好好的休息，等他們回來接我？

「看明天的情況吧，說不定就好了。如果沒消腫，我就留在波卡拉。」我這麼決定。

整個晚上除了冰敷，我用驅風油按摩再貼上撒隆巴斯，死馬當活馬醫了，心中祈禱神佛助我完成壯舉，希望有奇蹟。

隔晨醒來，看著腫大的腳踝好像有點消腫，也不那麼痛了，當下取過兩根登山杖撐著，和大家一起出發了。

朋友陪我一拐一拐慢慢走，有個山青嚮導也前前後後照應著，我咬牙硬撐不敢喊痛，雖然遲了一小時也終於走到投宿的旅店。嚮導交代民宿燒熱水再投入一大把鹽讓我泡腳，然後貼上隊友給的藥布，很神奇的竟然一日好似一日。

為了怕拖累大家，每天我都提早一個小時出發。尼泊爾號稱登山王國，山路算是完善的，但階梯上上下下，有時則是亂石泥路，山徑狹小又必須和驢馬錯身讓路，真是步步艱難啊！

拖著痛腳走到第四天，最後的一段路，眼前只要走過搖晃的長橋就到達旅店，但我真的走不動，真的要崩潰了。靠著橋柱望向前方的山村，蜜黃的黃昏光線，映照著林木、屋舍，有一種迷離的不真實的奇幻之美。

景太美。

而我太累，想死。

結局是淚流滿面跛腳走過了吊橋，一進到旅棧直接跌進椅子裡起不來。

四天穿行在接近四千公尺的山區，這是我離山最近、最美、最痛苦也最難忘的登山經驗。

不管愛不愛登山，好像很多人都喜歡雪霸國家公園，景區可以看到聖稜線，是山友們最熟悉、最喜愛也最津津樂道的。這條由大霸尖山到雪山山脈的群峰連線，所見高山都是三千公尺以上的崇山峻嶺，起伏有致，形貌、山色極美，天朗氣清的時候可以看得很清楚，尤其雨後晴藍，山色特別美麗明淨。有人完成攀登壯舉，更多的山友則說看它千遍也不厭倦，只要看著它就有如面對熟稔的老朋友，心中特別有一種安穩寧和的幸福感覺。

帶我來雪霸的是一位愛山愛到痴的奇女子，我叫她鹿女。二十歲就去了西藏，買了一頭犛牛伴著浪遊三個月，經歷了嚴重的高山症和種種磨難，歸來後就再也不怕山了，大小百岳不知爬了多少回。工作閒暇就往山裡跑，喜歡汗流浹背的坐在山崖上吹風，看雲霧在腳下流動。我不知道鹿女在深山無人的時候會否變回一隻鹿，回歸她的本初。

她如此愛山，站在我面前的時候我常常恍惚以為是和一頭可愛的鹿在說話，就像萬城目學筆下的鹿男一樣，說不定下一秒就會交給我一封密函或傳達一個祕密的指令。

和鹿女一起走在雪霸國家公園的雲霧步道，在雲霧的盡頭出現了一角藍天，聖稜線清晰浮現，一種幽遠的灰和藍，極度的澄澈莊嚴，竟然無以形容言表。我怔怔的一下望著聖稜線一下望著鹿女，感覺他們好像在交換著什麼神祕的暗語。

從雪霸下來時，山路蜿蜒，聖稜線忽左忽右在車窗外緊緊跟隨，回首照眼靈犀相應竟彷彿和好友依依相別。

揮揮手，來日再會！

原載二〇二一年十一月十三日《中華日報》副刊

追火車追到阿里山

詩與遠方！
我想還應該加上火車吧。

1.

距離要搭乘的車次還有二個多小時，我已提前進入改札口，站在東京車站的二十三月台。

想看火車。雖已是油電動力的時代，對於這蜿蜒奔行的交通工具我還是習慣稱之為火車。

超喜歡二十三月台的，我認為這是看火車最理想的位置，向左向右都可以看到各月台南來北往的新幹線列車，分別開往北海道、東北或九州、東海道。即令看不過癮，持著ＪＲ PASS 也可自由進出，前往在來線去送往迎來。

最期待的莫過於一場新幹線列車的金童玉女會。身穿耀眼常盤綠禮服，繫著薰衣草淺紫腰帶的H5紳士Hayabusa在此迎候，等待一身茜紅華服的E6小町號風姿綽約款款前來，相擁深深一吻，然後併結攜手奔向遠方。到了盛岡再依依不捨的分手各奔前程，一往秋田、一往北海道繼續前行。

這是鐵道迷百看不厭的場景。看完一雙璧人的隆重演出，彷彿參加了一場華麗的婚禮，這才心滿意足、心甘情願的踏上自己的旅途。

2.

有一年夏天，從博多搭乘「由布院之森」到別府去。

森林綠的車身有如龍貓穿行山林平野。溫暖的木質地板、絲絨座椅、古雅的百葉窗和開闊窗景，增添了旅行的舒適，更有感的則是以客為尊的體貼服務。車行途中，會有服務員拿了乘車紀念牌讓你拍照，見有小朋友還特地拿來小孩尺碼的制服，幫忙換裝，繫上領巾，戴上帽子，連列車長阿伯都擠進來軋一角拍照，逗得小朋友樂呵呵，全車滿溢著度假的歡樂氣氛。

我果然被這樣的特色列車擄獲了芳心，到熊本之後立刻衝到ＪＲ旅客服務中心去劃位，想要搭乘更多的觀光列車。

這些觀光列車大都只在連休假日運行，太熱門，簡直一票難求。我列出的車次都只剩下零星殘數，當班的服務小姐超好人，她花了很多時間調整，費了好大的勁才把我們一行十多人的行程安頓好，利用週六、週日兩天時間就把九州的觀光列車幾乎一網打盡，真是太令我們感動了。

ＳＬ人吉58654、隼人之風、指宿玉手箱、伊三郎•新平、阿蘇ＢＯＹ、Ａ列車……，每一列車都有動人的故事。

它們奔行在九州偏鄉，有時穿越山嶺通過隧道，有時傍著球磨川前行，山線、川線風景不時變換，蜿蜒曲折，景色豪壯，霧島連峰時隱時現。途中停靠的小站，木造驛舍典雅古樸，有些已逾百年，有著歲月的滄桑和讓人追懷的美好。

暱稱「黑白郎君」的指宿玉手箱，車身漆成一半黑一半白，黑色的一邊傍著山岳，白色的一邊則臨海景。據稱設計靈感來自民間故事，自龍宮歸來的浦島太郎一時忘記龍宮公主乙女的叮嚀，打開了玉手箱，立時噴出陣陣輕煙，浦島太郎馬上變成鬚髮全白的老頭子。

原來龍宮一日人間百歲，黑與白就是象徵著百年一瞬的意涵。下車時也果真有一陣輕煙迎面撲來，差點把我變成老太婆。好險！

我也喜歡搭乘A列車去看海。

全黑鍍金閃著沉穩幽光的A列車進站時，響起了〈Take the A Train〉的樂曲，A列車就像中世紀的爵士，無比尊貴優雅的徐徐行來。

小朋友最愛的大概是阿蘇BOY吧，車廂內到處是超萌小黑狗KURO的圖像、有專人照看的遊戲區、閱讀角，貼心設計的兒童座椅，就連販售的布丁也有大人布丁和子供布丁之分，最適合來一趟親子的幸福旅行。

這些具有強烈特色的觀光列車完全出自設計大師水戶岡銳志的手筆，實在太精采！

3.

由長崎回熊本時，我搭上了885系特急電車，全車如雪的純白，鐵道列車誰敢這樣做？原來這也是水戶岡銳志所堅持的最高純度的白。不好維持？那麼就每天洗一次、每三個月徹底清潔一次，再每三年重新塗裝一次吧！

除了驚豔最白的白，我也被洗手間的門和外壁鑲嵌的名家墨寶震懾住，彷彿有墨香盈鼻沁入靈魂。

為此，接下來的幾天我特地改變了行程，持著ＪＲ PASS 盡情的搭遍九州各路線的火車，新幹線迅捷音速，在來線悠緩閒逸，在我心中擦撞著火花，激起許多意想不到的旅行意緒。

看到各形各色的列車在軌道上奔馳，鮮豔、純粹、乾淨無比的色調，紅的黃的綠的藍的紫的黑的白的橘的……瑰麗色彩繽紛映眼，讓人目不暇給，真想把這些可愛的車車收攏來抱在懷裡，眼前彷彿看見一座超大的遊戲場，一個小男孩興高采烈的玩著軌道列車。

這個有著超萌童心的設計師就是水戸岡鋭志，ＪＲ九州好大一塊拼圖都是他完成的，他和ＪＲ九州長期合作，設計的「七星IN九州」，打造懷舊古風職人精雕細琢的臥鋪列車，榮登全世界最受歡迎的列車寶座，引領了豪華列車的休閒度假風潮，ＪＲ各家的華貴列車隨之相繼出世。

但他不僅服務高端人士，他說他的主要顧客是老人和小孩，希望設計出獨一無二的列車，讓人生的第一次或僅此一次的旅行終生難忘。並且堅信人性本善，有人質疑在通勤電車上採用木質和真皮座椅會被不良少年破壞。他說好東西也要留給不良少年使用啊，人們接觸了美好的東西不會故意去破壞，而會油然而生敬重和愛惜之心，行為舉止就會自然而然變得禮貌優雅起來。

這是多麼了不起的襟懷！也是我們所期待的潛移默化的教育環境吧？

水戸岡銳志的設計獲獎無數，名作非常多，遍布日本全國。以前到日本是追安藤忠雄和隈研吾的建築，現在多了水戸岡銳志的懸念。

九州鐵道之旅也徹底改變了我的旅遊方式，搭火車不再是手段，而成了旅行的目的。下次的旅行只想要坐火車，玩火車站。隨意的搭上一列火車，不管快車或慢車，安心落座，攤開一本書，可看可不看，一幅幅風景掠窗而過，思緒天馬行空悠遊到天涯海角。到站了，再跨上另一列火車，終點，不必預期。遠方，也不一定是遠方。

火車可以慢。

生活也可以很慢，再慢。

疫情爆發前我已買了機票，訂了住宿，並且這樣在心中畫著圖，做著夢。

然後，世界突然按下了暫停鍵，只能等。再等。

4.

真沒想到追火車竟然追到阿里山。

今年春天國內的疫情平穩，大家都能如常生活，並且不忘與櫻花的約會。

我在阿里山。

很幸運的得知有ＳＬ蒸汽火車出巡，原來阿里山林鐵在每年特定的季節，都會派出SL31老佛爺巡行，可惜套票是預售，無法當日現場購票上車。

研究好ＳＬ的行程，知道會停留在對高岳和沼平這兩個站做演示和導覽解說，我們立刻分途出發去追火車。腳程好的伙伴先上小笠原賞景，然後下到對高岳車站和ＳＬ老佛爺相會。我則從阿里山站搭DL39列車到沼平車站去迎接。ＳＬ蒸汽老火車穿行櫻花道，是千載難逢、人算絕對不如天算、很難拍到的經典鏡頭。

ＳＬ老佛爺果然不負眾望，拉響汽笛，噴著白煙，氣勢昂揚、老當益壯的賣力演出，觀眾有好奇張望、有讚嘆驚呼的，更勾起許多人的青春回憶。或許青春已遠，幸有ＳＬ為歲月留住一些美好的印記。

論年紀，SL31比起日本SL人吉號58654還要資深，已是耄耋老頑童，應該是世界上現存最古老還在服役的蒸汽機關車吧。更特殊的是SL31是登山火車，搭載直立汽缸和傘形齒輪，是可以螺旋迂迴爬上山的喔。

追ＳＬ蒸汽火車的緣起其實是由日本追回國內的。

第一次追到的是SL58654，那年執役ASO BOY。當時我被ＳＬ老頑童的威武雄壯驚到，也被一身牛仔裝扮的混血列車長帥到。以後到日本就一定先搜尋ＳＬ的訊息，再千方百計去搭乘。

ＳＬ蒸汽火車盛行於十九世紀後期，到二十世紀中葉因空污問題及動力邁入新里程而逐漸淘汰退隱。後來則因懷舊風又起，紛紛修復投入觀光列車的行駛，極獲好評。雖說環保問題仍在，但這ＳＬ機關車實在太美，而且畢竟是一頁活歷史，只要不是常態營運，偶爾出巡一下應該是可以的。

台鐵和阿里山林鐵也有國寶，除了SL31老佛爺，我們還有DT668國王號、CT273女王號、CK124王子號，分別對應日本同型的ＳＬ山口、ＳＬ盤越物語、ＳＬ真岡，隔著海洋遙相呼應。若能偶爾出巡一下，不啻是鐵道迷最大的福音。

台灣鐵道其實是很完善的，高鐵、台鐵、林鐵、捷運，織起一個交通便捷人文生態十分豐富的交通網。最近台鐵斥鉅資引進的新車真令人期待，但比起買新車，我更希望早日汰換自動洗車機，好讓列車們常常洗澎澎，常保清新美麗！

都稱鐵道迷是「鐵子」，那我，就是「鐵娘子」吧。追完了阿里山火車，下一個目標就是搭火車左三圈右三圈好好的把寶島台灣遊遍。

原載二〇二二年七月二十四日《中華日報》副刊

一日晴雨

看海的窗

十一月的一個下雨天，淅淅瀝瀝。南方天晴，北方雨。

為了一面看海的窗，驅車北上。

F告訴我，臨著海，每個房間都有超大的窗，海景無敵。霽朗天氣，海天一色；雨天，浪翻潮捲，驚濤駭浪。都是大景。

「可以一邊泡澡一邊看海喔！」

「可以吹薩克斯風給大海聽，唱歌給大海聽，彈吉他給大海聽……」

果然是的。面海的大陽台擺下音樂宴席，琴、鼓、簫、笛、吉他、薩克斯風都搬出來了。樂器吹響，歌聲唱響，舞者翩翩，掌聲笑聲不斷。

金聲玉振，大珠小珠瓦釜齊鳴，東北季風也強勁的呼嘯著，海濤情緒激昂雷霆萬鈞，亢奮的應和著歌聲笑聲風雨聲。

是晚急雨敲窗，大浪小浪巨浪吵了一夜。我點亮黑夜裡的一盞燈，獨醒，讀著海的詩抄。鋪紙寫信告訴你，今天海的顏色、海的聲音。

白屋

夜雨敲窗。

醒來時晴陽豔豔，真是恩寵。查了陽明山冷水坑的天氣，卻是急降低溫、冷風颼颼，霪雨霏霏，就不想去挑戰東北季風了。

仰德大道上一間小白屋。

白屋很有年紀了，有著歲月沉澱的低調風華，樸拙有味。原是一位老總的老宅，經由一群藝術學院的學生改造賦予新面貌。

老宅拋除了陳腐氣味，邀風，邀月，邀夕陽，光影流轉，有著自在的季節腳步和生命氣息。

小白屋盡攬天地靈氣，無所不容，無所極限，小小空間，就更顯壯闊和美善。每一個空間、每一個角落，都適合停佇或站或立，適合坐下來讀一本書，或趺坐沉思冥想。

我安坐小室一隅。無邊的寂靜像虛空。在靜裡，在虛空裡，面對彷彿陌生的自己，身心恬然舒放。

陌生，是因為這個世界的彷彿突然靜止。簡單，無聲。卻又不盡然空洞單薄，而蘊含著無限未知的豐富寶藏，將顯未顯，欲說還休，任由你向內心深處去探索。

還聽說秋涼的每個週四有一個特別的活動，即是「無聲日」，希望在這個空間裡停聽看，不要說話，讓身心和宇宙都暫時停步，得到片刻的喘息和寧靜。

無聲，回到本心、本初。

有耳，無耳

午後下起雨來了。微雨，適合微行賞景，前往十三層、黃金瀑布和無耳茶壺山。

特幸運的是我有專屬導覽。原來這山區正是H的祕藏，蜿蜒山路有許多她的私房景點，常常帶了咖啡和茶點上山來，找個安靜的地方，看山，看海，看樹，看花。

晴天看藍天白雲、光影流轉，微雨天氣就看雨霧迷濛、煙波浩渺。看著看著渾然坐忘了自己。

山重水複，雲天自在。

什麼樣的天氣都是好的，什麼樣的安排也都是最好的，她說。世間紅塵的紛紛擾擾自有它的定數，所有的發生與結束也都有它的律則。

站在半山腰，九份、金瓜石的起伏山巒沐在微雨中，山色翠微，芒花似雪。遠方的海域水色多幻，還留有陰陽海的一頁悲歌。

近晚，尚未搞清楚哪一座是無耳的茶壺山，漸大的雨聲裡我把自己的耳朵找回來了，聽著雨聲滴答滴答，一路下山來！

原載二〇二三年一月六日《中華日報》副刊

浪漫威尼斯

交通船航行在浩渺的大運河水域，兩岸典麗華美的建築迎面而來，像舒展一幅卷軸圖畫，也像放映一支神祕的影片，拜占庭式的圓頂、哥德尖塔，這樣的建築除了美輪美奐令人驚嘆之外，還透露著濃厚的宗教氣息和世族貴冑的威權形象。

陽光照在粼粼水面上，銀波閃耀，搖櫓小船穿梭在綠蔭掩映的河道，歷史的光環、傳說的奇詭、藝術的浪漫，竟然把威尼斯這個城市塑造得如此千變萬化。眼前景物叫人驚呼連連，我也才明白何以這個二十人的藝術團體會選擇威尼斯作為歐遊的主要目的。在交通船裡，人人各守據點，手忙腳亂的搶拍，咔嚓聲不絕於耳。夫婦檔則分工合作，各掌一鏡，一人拍攝一邊，以免遺漏了珍貴映象。

船抵聖馬可，有人揹起了畫架準備去寫生，有人立意走遍威尼斯的大街小巷，有人要拍攝古堡和教堂，各人都去尋找自己的一角天空。我則讓鞋子領著我，不辨東西，隨興去采風。

白色大理石構築的利亞德橋，是莎翁名劇《威尼斯商人》故事上演的舞台。連結水牢與宮殿的嘆息橋，承載了多少困頓靈魂的沉重嘆息，廣場上遊人如織，小孩與鴿群的嬉戲，是童話故事的典型劇照。狹窄的巷道，曲曲折折，遠來的外客穿行其間，很有一種幽祕的期待心情，在這些景物的背後，彷彿有什麼事件等待著要發生。

巷弄裡，小小的店面卻頗有可觀，貨色琳瑯滿目，皮件、服飾、珠寶、藝品，還有賣調酒和小點心的咖啡屋。義大利的流行服飾色彩鮮明豔麗，尤以威尼斯為最，淺橘桃紅寶藍鮮綠，繽紛多嬌，大花朵大圓圈叮叮噹噹的耳環項鍊，造型誇張，奪人眼目，使得義大利女子風姿神祕而獨特，難怪義大利男人有事沒事都喜歡上街來獵豔。義大利的咖啡也很特殊，黑黑濃濃不加糖不加奶的咖啡，苦得叫人打噴嚏，很奇怪，看來看去就是適合紅臉虬髯的義大利男子品飲。道地的卡布奇諾香傳十里，奶油方糖加肉桂，好喝是好喝，如果每天這樣不加節制的喝下一杯又一杯，難免要擔心肥膩豪乳、體型壯碩如眼前迎面而來媚眼狂拋的紅髮魔女。

我是抱著一紙袋新鮮櫻桃逛街的，等到紙袋裡只剩下果梗時，正好停在一家製造水晶的老店前。店裡留有幾世紀前的妝鏡，華麗瑰奇，晶瑩明鏡圍繞一圈精雕細琢的粉紅玫瑰，遙想臨鏡顧影的美麗佳人，於今安在？心中不免有年華如水、風塵沾衣的感喟，看來與時間的拔河，人類永遠是輸家。

看到鏡子，無法不想到達文西。十五世紀，威尼斯的造鏡工業獨步全球，達文西的繪畫便受到鏡子極大的影響，他利用鏡子幫助透視及測距，為繪畫技巧開啟另一扇窗。他對鏡子的痴迷更是不可理解，說不定整天臨鏡，連寫字時也要照鏡子。他留下的手稿難倒了一大串做研究的學者，沉埋三百多年，居然沒有人看得懂，大概是偶然一對鏡，才發現原來是用左手由右至左橫寫的文字。這樣神祕的鏡像文字，當然理應發源於威尼斯。我也想，如果沒有威尼斯的明鏡，說不定達文西在藝術史上便沒有今天的地位。

同行的朋友買了一個大水晶球，討價還價成交。店主人猜我們來自印度尼西亞，我說台灣，他嘆道：「美麗的福爾摩沙！」立刻自動再減價五元，以示禮遇遠客。他還想做成另一筆生意，因此稱我為「美麗的女孩」，看著映在水晶球上小眼厚唇的滑稽面容，我也很想買一個，但是一來水晶太重，帶著它穿行大街小巷是一大負擔，二來也害怕抱著一個水晶球，我會成為掐指算計人生的女巫，只好放棄不買。

逛完商店，沿著運河漫步，河岸兩旁的建築很具特色，牆面、屋頂、窗戶，造型極多變化，黃橙藍綠粉紅淡紫，調和得恰到好處，倒影水中，更是一幅絕美圖畫。

岸邊有許多咖啡座，賣飲料酒類和披薩，我們點了綠沙拉、披薩和可樂做為午餐。

沒想到綠沙拉就像台灣的芥藍老葉，一大片一大片的，淋上油醋，吃起來像牛吃草，味道苦澀，倒是披薩香味誘人。不過我覺得這種食物用刀叉真是太過文明，最好的方法就是捲起來，像吃大餅捲蔥，一手披薩一手可樂的吃，多麼快意自在。我是真想這麼做，但是看到白衣黑褲黑領結的侍者，笑臉迎人的穿梭在座位間，只好作罷！

造型古典的小船「貢多拉」泊靠岸邊，幾個船夫聚在一起賭牌。他們穿著黑褲，藍白條綠白條紅白條黑白條或單色的T恤，頭戴草帽，垂著各色絲帶，在風裡飄飛，有些還戴了雷朋墨鏡，看起來真像黑社會的幫派頭子。

我的方向感極差，繞了這麼一整天，早已東西南北莫辨，找來找去就是找不到回程的路標，問路問到「杭州飯店」，夥計領我們到路口，告訴我們：

「在威尼斯，只要知道聖馬可就不會迷路。」

下次再來時，千萬要記住了。

回到聖馬可廣場，正好鐘聲響起，群鴿振翅飛翔，蔚為奇觀。廣場上的露天咖啡座正在演奏民謠，悠閒的坐下來，點一杯香醇咖啡，醉在異鄉的黃昏。

威尼斯，迷人的水都！

威尼斯，另一日。

看不見太陽，但是由光線的亮度和天邊一點殘霞，可以確定是薄暮時分。

這樣的光景正好，水波瀲灩，船影蕩漾，讓人一不小心就要跌入古老的夢境裡。

晚風正涼，「貢多拉」悠然的滑行在運河裡，穿過一座一座的拱橋，像翻開一卷詩章。岸上的遊人、兩旁斑駁的房舍，以及綺色窗簾後招手的麗人，浪漫的水都，引人遐思浮想翩翩。

撐篙的船夫光頭鷹鼻，戴著墨鏡，身材魁梧，虯突的臂肌，讓人聯想起黑手黨的打手，看著、想著，心底不禁發毛起來。船頭的歌者和風琴手，卻是一派斯文，幾曲盪氣迴腸的民謠唱下來，心中的忐忑盡消，擊節拍掌，笑聲一串串跌落在輕波細浪裡。義大利就是這樣，粗獷、豪邁、浪漫多情，即連這「貢多拉」，也一如輕紗半遮面的女人，黑亮的船身，猩紅的座飾，兩頭尖翹，很古典，卻也有幾分邪野霸氣。

上了岸，夜色已濃，幽暗裡但見一點微光，是同團的一位老畫家，一手白蘭地，一手威尼斯的雕花水晶杯，據說已獨自沉思了一小時。

去年他來過，回去畫了一幅畫，畫到一半再也畫不下去了，因為一直掌握不住那種感動過他的氛圍，只好千里迢迢再來一趟。聽說以威尼斯水晶杯喝白蘭地，最適合自我陶醉。我不知道這夜色是否真正感動了他，再度挑起內心深處最幽祕的一根弦，接續起去年未完成的夢。

原載一九九二年十一月七日《新生報》副刊

我得再去問問：

許多年過去，不知這幅未完成的畫作，最後完成了沒有？

豐富之旅

有一年，巴黎瑪摩丹美術館館藏的莫內、雷諾瓦、夏卡爾等世界級大師的名畫來台在故宮博物院展出，由於莫內是印象畫派創始人之一，也是印象派最重要的代表畫家，吸引了許多參觀的人潮，也讓我回想起難忘的歐洲美術館之旅。

這個旅行團的成員全都是畫界人士，由林智信老師領隊。所以會有這一支隊伍，乃源於一次遺憾的旅行。話說那年夏天，林智信老師和我同樣參加一個教師團體的歐洲之旅，大部分的人出國旅行都是看看風景、買買東西，再拍一大批照片回來，林智信老師卻到處找美術館，看展覽，看畫廊。在巴黎，我們犧牲午餐，花了兩個半鐘頭去看奧賽美術館。奧賽美術館是印象派作品最重要的藏館，舉世崇仰的畫家如梵谷、雷諾瓦、竇加、夏卡爾、羅特列克、高更、塞尚、莫內等等，等等，一幅幅藝術傑作、一件件人間瑰寶就在眼前。這樣的盛筵，使我們忘了從早上七時出門之後滴水未進、粒米未食，也忘了酸得發軟的雙腿。

在觀光巴黎市區的途中，又巧遇師大美術系畢業刻在巴黎修碩士的一位女同學，利用短短三十分鐘，領著我們快跑，去看莫內的連幅巨畫蓮花池，據稱是目前世界最大的畫作。寬廣的橢圓大廳，四連幅巨作，氣勢磅礡雄偉。我雖然跑得氣喘如牛香汗淋漓，一見此畫，但覺無憾矣！

抵荷京阿姆斯特丹，安排的行程是參觀鑽石切割工廠，沒人買，因為出國多次大家都學乖了，不想做冤大頭任人宰割，約略看了看就出來，在街道上走走站站，一耗三小時。領隊生氣，團員也生氣，林智信老師更是氣得暴跳如雷，因為他要求參觀梵谷美術館，領隊不准。一想到之前梵谷逝世一百週年，各國人士紛紛包機專程來看紀念特展，如今近在咫尺卻要失之交臂，不免心痛得一腔烏煙瘴氣堵在胸口，弄得茶飯無心，足足氣了三天，直到在科隆，意外看到米羅的版畫展，才眉頭略舒。也因此下定決心找志同道合的人組團專門看美術館，自己安排行程，免得受氣。

果然，他帶頭一呼，立刻就集合了二十個人，主要行程是威尼斯、巴黎、倫敦和阿姆斯特丹。

威尼斯的水上建築，城堡宏偉壯麗，民舍色彩豐富多變，黃色的牆綠色的窗，或黑色的壁粉色的幃幔紅色的屋頂……繽紛多姿。也由於建在水域，剝蝕嚴重，斑駁的歲月痕跡更添古意。一群藝術半瘋子，口中嘖嘖讚嘆，手中相機咔嚓不停，穿街走巷到處獵取鏡頭，一天下來直累得人仰馬翻，竟然有人按相機按到手指起泡，相機也不堪過勞當機了。

花都巴黎，是領導世界畫壇的重鎮，也是全球藝術人心目中的聖城，不管有名無名或正在坎坷路上努力奮進的各地畫家，莫不以拜此碼頭為畢生職志。尤其是蒙馬特，聚集了來自世界各地的藝術人口，充滿一種奇特的、浪漫的、迷亂的、神經質的、邪惡的，以及一種說不出感覺的頹廢的美麗，吸引來如潮水一般的觀光客。持有執照的街頭畫家則又懷著不友善和嘲弄的敵意，痛宰這些觀光客。初履斯土，誰要是自以為風采出眾被畫家慧眼獨具的獵上，竊喜說不定因此留下一幅傳世名作，那就未免太天真了，因為他想獵的是你荷包裡的美金、歐幣啊，若是不夠警覺，則或可能陷入被重重包圍脫身不得的窘境。

由於這個團的畫家都畫油畫，而且畫風接近印象派，因此奧賽美術館仍然是參觀的重點。印象派乃由古典畫派另闢蹊徑而來，早期的藝術很多是服務貴族的，畫作大都是宮廷、戰事、宗教的記錄或想像畫，較不與現實生活相關聯，畫工求精求細，重視美感呈現，具教化意義和威權宣示。而達文西則重視肢體肌理的表現，為了達到繪畫的準確性，竟冒險挖墓解剖屍體，求真的態度影響了以後畫壇的走向。到了自然畫派，則流行戶外樹林裡的寫生，漸漸注意光線的變化，以及與自然景物的結合。畫家也轉而把繪畫的領域由想像寫意，落實到生活的真實面，成為印象派的發端。

有幸觀賞梵谷和莫內的原作，內心真是滿懷激動。一把搖椅、一隻水杯、幾個爛蘋果、一堆稻草，這些雜七雜八有什麼好畫呢？主要在於情感之所寄，沛沛然激發的強旺創作力。梵谷筆觸厚重，是生命的壯烈燃燒，樹是綠色的火焰，雲是藍色的、白色的流火，張牙舞爪，讓人感覺他壓抑的情感就要如火山爆發，如洪水潰堤。梵谷一生碌碌不得志，情感上、工作上屢遭挫折，人際落落寡合，孤傲不同流俗，幸在潦倒時有其弟給予經濟援助，在挫折時探視、支持他，並為他保存畫作，否則當無今日舉世欽仰的畫壇巨擘。我為梵谷悲，終其一生只賣出一幅畫，而且無以療飢。如今每幅畫都是天價，是無上珍寶，今昔之比，令人興嘆！

此行最欣慰的除了如願參觀梵谷美術館，並且接受旅法專攻藝術史的麗玲小姐之建議，仔細看完瑪摩丹美術館。瑪摩丹美術館是研究莫內絕不可錯過的美術館，可視為莫內創作的心路歷程。我喜歡莫內的畫，不惟因為他畫蓮，也因為他追求繪畫境界開創新局的毅力，一幅幅已完成或未完成的作品，似可窺見他創作時心靈的波濤起伏，感知內在情感的投射。

記得在瑪摩丹，我遠遠站在展覽室的盡頭，靜觀眼前巨畫，胸懷情緒漲滿，粗看只是一團凌亂的色彩，抽象、蕪雜，根本看不出所以然，必須站遠了，靜靜的看一段時間，就會感受到光線的律動，接著蓮花蓮葉浮現了，水草、波影、柳條歷歷映顯，好一幅生機盎然的池塘。有時則是花徑清幽，重重疊疊，草木披覆，深遠無限，讓你的幽思也跟著去到無窮遠。

時隔多年，再回想此次滌化身心收穫豐碩的藝術之旅，清芬依然滿溢胸懷。

原載一九九三年三月八日《中華日報》副刊

祖孫三人的旅行

「都已經看過了，為什麼還要再來？」

才進到大阪海遊館，小妮子Mo就歪著頭十分不解的問。

啥米？妳這是在打臉阿嬤？這可是日本大阪啊，不是墾丁的海生館，而且看過就不能再看嗎？

彼時Mo才只二十一個月，阿嬤因為想去日本玩想瘋了，就千方百計、想方設法要帶她出門。估量她會說會唱，語意表達清楚，與大人溝通無礙，而且生活習慣良好，對什麼都好奇很能自得其樂，阿嬤不做多想，立刻買了機票，訂了旅館，帶了奶瓶、推車、尿布，祖孫三人就上飛機了。

到了關西空港，坐車，轉車，在電扶梯上上下下，Mo以為迷路了，一疊聲的催促：

「阿公去問問呀！」

「問什麼？」

「問路要怎麼走呀！」操的心可真多啊。

秋日微涼天氣，亦步亦趨跟在她身後，從京都錦市場出發，本來只打算讓她走一小段路，再用推車推著走寺町通到京都御苑去。沒想到小人兒不肯坐車，一步一步的走著，看到路旁的花就蹲下來瞧一瞧、聞一聞，看到廣告立牌也仔細瞧半天，經過麵包店進去買個麵包，看招牌，看櫥窗，看瞇了眼。

經過一保堂茶莊，空氣裡漫溢著茶香，她聳起鼻子嗅聞：

「好香好香啊！」

拾起一片落葉，邊走邊玩。短短一條寺町通竟然走了兩個半小時。人生第一次的旅行，與花花世界直面相對，她是充滿驚異和好奇的，我也第一次懂得蹲下身來，用小人兒的視角看世界。

微雨，站在龍安寺的芙蓉池前，她披著阿嬤的 GORE-TEX 紅外套，看雨打荷葉，不足三尺的小小人兒看得好專注，根本無視身後幾個路人驚訝停步、充滿愛寵的看著她。大家都被這雨中的小不點兒吸引住了，好奇她究竟看什麼、想什麼。

在三十三間堂，瞻仰一千座容煥金光的千手觀音菩薩聖顏，我告訴她觀音菩薩有一千隻眼睛，可以看到我們做的好事和壞事，有一千隻手，可以幫助很多很多的人。她學著阿嬤點燭禮拜，奶音奶氣的說：

「觀音菩薩會保護我！」

參觀完金閣寺，進到茶室喝茶、吃和菓子時，她注意到一群戶外教學的學生正跟著老師學規矩，指給我看整整齊齊的一排鞋子。從那天以後，她的鞋子必定排放整齊，也會把家人的鞋子排好放好，這個好習慣持續至今。

幾年以後回想起這第一次的人生初旅，Mo畫了一幅畫送給阿嬤。

原載二〇二三年三月二十九日《人間福報》家庭版

陽岱鋼加油！

我家Q妹是節氣春分那天出生的，天氣初暖百花爭妍。春分節在日本算是重要節日，全民休假，許多週休假日才運行的特色列車會在這一天加開，於是決定帶Q妹來去日本追火車。

機票老早就買好了，也提前半個月進行特訓磨合，一切按部就班進行得很順利，祖孫三人都對這趟旅行充滿了期待。

然就是忘了「天有不測風雲」這句話，Q妹感冒了，發燒、咳嗽，看了醫生，吃了藥，情況漸好但燒未全退，心想妹妹的這趟行程肯定泡湯了，機票無法退款也只能認了。

當天一大早，阿公阿嬤收拾好行李叫了車就要去機場，Q妹起床了，她娘說她一天一夜沒發燒也不咳嗽了，應該可以去吧。問Q妹想去嗎？她說：

「我一定要去的，姐姐去很多次了，我還沒！」

好吧。臨時抓了幾件衣服和備用藥，揹起背包，Q妹就跟著阿公阿嬤出發了。搭機轉車。出了上野車站，看到公園門口那兩棵櫻花已經開了七分，今年的櫻花來早了，是歷年最早開的一次，我跟Q妹說她真是幸運，生日有櫻花來相伴。

大概體力尚未完全恢復，Q妹有點懨懨。幫她帶了一隻小小的杯子，每餐就喝一杯味噌湯，吃幾顆草莓。本來約定要到輕井澤和朋友會合，但一查輕井澤氣溫比東京低了好幾度，天寒地凍的怕小朋友受不了，只好取消行程，讓小朋友睡飽飽，體力恢復了再說吧。

在旅館窩了三天，第四天按預定計畫出門追火車，目標是號稱「最速藝術鑑賞」的現美新幹線。

列車進站，酷炫外形十分吸睛，是藝術大師蜷川實花以長岡花火為意象設計的。每一車廂則分別以新潟田園五穀豐登、雪國印象、全球影像和抽象花卉為主題，果然是名副其實的行動美術館。還設有咖啡廳，提供名店糕點和燕三条地區的特選咖啡。

Q妹在遊戲區玩新幹線軌道列車，再到咖啡座點了果汁和蛋糕，慶祝她滿三歲的生日。

午餐後接著去追另一特色列車「越乃 SHU 號」。

以新潟酒藏出產的日本酒為主題的列車，規畫了藏守吧台，可以和朋友倚著酒桶品酒、喝咖啡閒嗑牙。也可點餐，品嚐特製的地產風味餐。還安排爵士樂團現場演出，樂音悠揚，充滿假日恬適悠閒的歡樂氣氛，是另一番令人驚喜的體驗。

巡禮完川端康成名著《雪國》地景的越後湯澤，再去草津溫泉一宿。回到東京時，Q妹的叔叔阿嬸特地排了休假趕來相會，買了棒球賽的門票，打算給Q妹來個棒球啟蒙教育，先參觀野球博物館，再看棒球賽。巨蛋球場是這年球季賽程的首發，巨人隊對戰羅德海洋隊。主場巨人隊有我們的陽岱鋼執役喔。

座位恰好在巨人隊的應援啦啦隊旁邊，看著他們又唱又跳又呼口號，Q妹也跟著振臂高呼，追著陽岱鋼的身影目不轉睛。輪到陽岱鋼揮棒時，全場瘋狂的高聲呼喊：

「陽岱鋼加油！」

「岱桑！岱桑！岱桑！」

陽岱鋼魅力爆棚，地主隊優勢全開。

叔叔告訴Q妹，如果接到投過來的球就可以賺機票錢，害得她不時把帽子舉高高，等著高飛球投進來。

那場比賽陽岱鋼打出了兩支全壘打，太帥了岱桑！全場歡聲雷動，也讓Q妹留下了珍貴的觀球印象。

原載二〇二三年四月二十四日《更生日報》副刊

致驢友

我常常有個夢魘，就是手機突然跳出某家旅館要向我收取No show的費用，醒來驚嚇不已。

原因是經常幫朋友上網預約旅館。

自助旅行的所謂自助，就是一切都要自己處理，包括機票、住宿和行程。最重要的是住宿。我早已不像第一次那樣天真，以為到了目的地再處理即可，以為即或一時找不到旅館也可借宿廟宇，或者會有善心人士出手相助。那是年少輕狂不知天高地厚的想法。

如果是攜家帶眷，如果是帶著一大群人像拖油瓶礙手絆腳，在旺季極有可能找不到投宿的地方而流落異鄉街頭。

關於旅遊訂房，我真的很資深堪稱老手或前輩了，以前連旅行社的老闆都要來問我，為何我訂的旅館硬是比他們業界的便宜？

要搞定旅途中的所有住宿，真的是頗費周章超棘手的事。從早期沒有網路時的傳真訂房、託當地朋友訂房，到現在的各個訂房網站或請白金祕書訂房，我不知歷經了多少千辛萬苦浪費了多少流水年華，經常半夜掛在網上搜尋CP值最高最合宜的宿泊處。曾經被拒絕，曾經踩到雷，曾經為了訂到足夠的房間數，加入多個訂房網站，弄到最後連自己都搞不清楚，也因此才會提心吊膽 No show 的事。從提前三個月，到半年，到今天的可提早到八個月前預約，以便在超級旺季搶到最理想的旅館，回頭想想自己都覺得太誇張。

最麻煩的是行程一改再改，訂房也必須跟著更動，退了這家再訂那家。每家旅館也都有不同的退訂機制，有的前一天取消即可，有的要提早半個月、一個月甚或三個月，有些則要預付並且不許退訂。面對不熟悉的外文網頁，魔鬼常常藏在細節裡，一疏忽可能就要大破財，所以必須很小心的核對，做足功課但求萬無一失。

真心感謝同遊多年的旅伴，說一不二信守承諾，從一九九四年的初旅到現在，我尚未因為訂房 No show 而賠過錢，這樣的默契誠屬難能可貴。

但是，至今夢魘仍然存在，時不時會突然驚跳一下，趕快去查看有沒有哪個環節疏漏了，即令再三查證，仍然害怕有哪個一時想不起來的訂房網站，突然跑出一筆 No show的大金額。

第一次見到「驢友」這兩字，不解其意，後來發現我們就是啊。

有朋友牽了一頭驢壯遊新疆，之後特別嚮往大山大海、海闊天空。她說醉過方知酒濃，苦過才知驢子可貴。

驢友當然要和驢子一樣，能吃得苦中苦，耐得旱澇寒凍。我們是從青年旅館體驗起的，到如今則樂在尋找超值特色民宿和溫泉旅館，用心安排悠閒的旅遊時光。

驢友總是成群結隊，真的是黑白結黨招蜂引蝶一大群。規畫行程時吱吱喳喳很敢天馬行空的做夢，提出的願想我都說好，只要有一張Pass你愛到哪兒就到哪兒，自己負責。

我是個腦海裡沒有地圖的路痴，行程明明排得好好的，下了飛機出了車站立時不辨東西南北，跌倒在旅行地圖上。我說各位自求多福自謀生活去吧，只要晚上還記得回到旅館就好。驢群四散奔逃去了，各取所需玩到興盡才回。而我，也就能自由自在的繼續迷我自己的路。

雖然都已能獨立作業放單飛，但驢友們還是喜歡呼朋引伴同遊，喜歡回味坐錯車、走錯路、丟護照、掉相機的陳年糗事，喜歡團體中的孤獨自適，喜歡一呼百諾共情共樂的酣暢淋漓。

意氣相投的驢友是最好的旅伴。可以掛起免戰牌，一杯酒、一盞茶獨飲寂寥。可以驢友夜行，幾分酒意、三分詩情，慨然捨給你一個不眠夜。

太多的旅途幸遇，太多的追夢情懷，太多的想念。

親愛的驢友，下一站，我們再會！

原載二〇二三年三月二十八日《中華日報》副刊

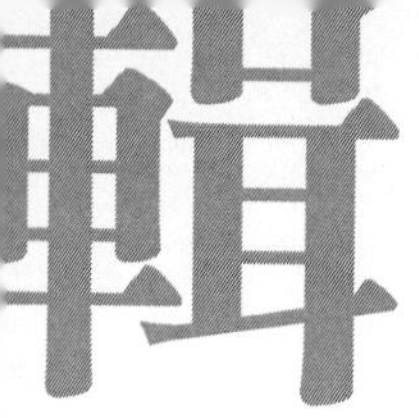

二

相思筆記

曾經有過曾經
瞋笑帶淚回眸拾起春花，拾起秋葉
以唇封印
壓縮成昨夜容顏

偶然相遇

走過維也納森林邊緣，我在一張長椅上歇息，吃著一片餅乾，早晨的空氣清新而甜蜜，風裡有淡淡的花的幽香。正在出神之際，冷不防餅乾被偷襲掠走了，原來是一隻小松鼠，牠搶走了我的餅乾，遠遠蹲坐在樹頭啃著，還不時抬頭看我一眼。

牠吃完了，我再取出一片餅乾，牠一步一步遲遲疑疑的挨了過來，謹慎小心的用嘴叼了餅乾，轉頭一溜煙沒入綠色的樹籬中。

望著牠的背影，我忍不住高興的笑出聲來。

朋友說了一個很美好的旅行故事：

有個女孩和我們一樣也走在維也納森林裡，突然腹痛如絞內急了，不得已只好到隱密的樹叢去方便。她蹲在哪兒，有隻小鳥兒繞著她飛來飛去，而且不停地叫喚著，跳上跳下。她覺得很奇怪，卻也不明所以。等到站起身來要離開時，那隻小鳥兒更急切的叫著，並且快速的俯衝而下，從地上銜起亮晶晶的東西放到她手心，原來是她掉落的一個耳環！

她看著耳環，再看著小鳥兒，忍不住激動的放聲大哭起來。

這樣的偶然相遇，多麼令人驚喜！

在迪戎，我坐在麥當勞店外的餐桌旁，邊喝咖啡邊悠閒的望著來往行人，等待下午一時開往巴黎的火車。

麥當勞是餐飲業的一個異數，標榜乾淨、明亮、便捷，很能符合現代人對速度的需求，因此襲捲世界各地，掀起一股歷久不衰的速食文化風潮。在迪戎的這一家，店面不大，顧客卻進進出出川流不息，故而有些餐桌餐椅就擺放在人行道旁。

在異國的街道旁偶然駐足，知道自己是過客，很能清楚界定自身的角色，輕鬆一念就從熙來攘往的人群中抽離出來，冷眼紅塵世相，某種隱約的若即若離、忽冷忽熱的情感波濤，在心中迴盪不已。

就在這時，一群麻雀飛來，在近旁的路樹跳上跳下盤旋飛舞，然後一陣「吱喳」停落餐桌上，跳進我的餐盤裡，歪著小腦袋左顧右盼，又用黑色的喙啄了啄麵包。然後跳上我的肩膀，偏著腦袋用一個眼睛看我。我屏住了氣息，心臟差點興奮的停止跳動。

藍色的天空，一朵雲緩緩流過。
綠色的草地，一片黃葉輕輕飄落。
樹幹上，一隻毛蟲在豔陽下怒張著斑斕的軀體。
一群鳥雀飛過。
一群孩子吱吱喳喳蹦蹦跳跳的走過。
一串笑聲，在風裡珍珠般的散落。
一顆星星，在黃昏的天邊亮起。

我坐著火車，飛奔向巴黎。

瘋馬

站在黃昏的街邊，等著八點進場的瘋馬秀。

上回來巴黎去看紅磨坊，感受蒙馬特之魂羅特列克的悲歡魅情。這次本來有人想看麗都，去評比一下歐洲大腿，朋友卻再三推薦瘋馬，說是世界知名模特兒經常演出的地方，燈與影與人體的交集，寫實、抽象、虛幻、迷離，再加上詭譎，心靈與感官都會獲得極大的餵養，不看可惜。

七月的巴黎，晚上九點多才日落。提早來到這條街，逛了幾家店，吃了一杯冰淇淋，來來回回壓過幾條馬路，七點四十分站到店門口，準備進場。

上一場的觀眾尚未散場，一群人有一句沒一句東南西北聊著天，忽然同伴指著穿紅衛士服的掌門人對我說：

「注意妳身後一隻紅猩猩！」

冷不防一隻大手伸了過來，一把攫住了我，嚇得我又叫又嚷：

「哎呀哎呀，Crazy horse！」

一轉頭，紅猩猩樂不可支笑嘻嘻的握了我的手：

「晚安女士，祝妳有個美好的夜晚！」

瘋馬秀以上空表演著稱，瘋馬女郎從世界各地精挑細選而來，個個絕色天嬌，身高、腿長、胸線的高度都有一定的標準，雙乳相距二十一公分，看了這數字，讓女孩女士們都想偷偷去量一下，看看自己距離瘋女郎到底有多遠？

節目開演，暗黑的空間音樂響起，氣氛幽微神祕。美女出場，大腿如林列成一隊，果然胸線整齊，肚臍線也齊一，簡直分毫不差。近乎全裸的美麗胴體，各色燈影投射，以圓點，以線條，以色塊，以女體為畫布，雕琢幻化出各種圖形色彩，加上極高水準的舞蹈動作，媚眼靈動，瑰麗魅惑，把香豔美色提升到藝術殿堂，讓人不由得由衷讚嘆。

看了瘋馬秀，除了聲光色和美女，印象最深刻的則是畫家達利設計的紅唇沙發。黑色舞台上的巨大紅唇，再加裸女舞動撩撥，非關色情，卻是為達利做了最佳的宣傳。

菩提樹

井旁邊大門前面
有一棵菩提樹
我曾在樹蔭底下
做過甜夢無數

優美的旋律就譜在白牆上舒伯特的肖像之下，用鮮花供養著，這是莎茲堡居民紀念舒伯特的方式之一。另一個方式則是走進這家酒館，坐在舒伯特以前坐的位置，凝望著門前的菩提樹，想像舒伯特在餐巾紙上，寫下這首曲子的情形。

等待樂音來敲門，就像坐在蘋果樹下等待蘋果砸下來敲醒腦袋一樣，情與貌略相似，天才與凡庸的距離卻不可以道里計。

門前的確有一棵枝葉茂密的樹，卻已不是原來的那棵，我也不敢肯定它是不是真菩提樹。不見井，樹下一個像汲水轆轤一般的木架子。一個石槽，疏疏長了幾棵粉紅色的報春花。

一陣風來，滿地落葉飛舞，隱隱約約，彷彿有〈菩提樹〉的旋律在周遭迴盪。

莎茲堡是個最具藝術風雅氣質的城市，是音樂神童莫札特和指揮家卡拉揚的出生地，也是舒伯特最愛的客居地。偉大的詩人、音樂家、藝術家輝煌了美好之都，創造了偉大的城市。

奧地利可說是以音樂立國，生活裡最重要的事就是看場歌劇，聽幾回音樂會，甚或詩歌朗誦會。假日公園裡常有的露天音樂會是日常休閒，民眾音樂素養之高很讓人歆羨驚嘆。我們跨國的遊覽車司機就是個奧地利老先生，長途駕駛疲累，大家午寐時段昏沉睡翻過去時，他老先生邊開車邊唱歌劇，用以提振精神。

莎茲堡也把音樂效益音樂商機發揮到極致。人人都喝了莫札特甜酒，口嚼莫札特巧克力，再提了大包小包伴手禮離開莎茲堡。

音樂呢？遊客都走了，〈菩提樹〉的樂曲還停留在舒伯特酒館的白牆上，忘了跟上來。

後記

我寫這則小記時，差點把譜曲〈菩提樹〉的舒伯特誤植為莫札特。這個錯誤的確有點離奇，學生時代的音樂教室就掛有世界著名音樂家的肖像，貝多芬、莫札特、蕭邦、巴哈、舒伯特，是音樂老師指定要認熟的，我居然眼盲認不清。

那次的歐洲之旅也的確有夠滑稽突梯。領隊是旅行社副總，懶得解說。帶到巧克力店，隨手一指：「這是莫札特賣巧克力的地方！」

歌劇院「是楊麗花唱歌仔戲的地方」。

議會「是朱高正捧麥克風打群架的地方」。

引得一群田僑仔婆婆媽媽驚呼：

「金耶喔！莫札特賣巧克力，一定賺很多！」

「豬哥正有夠厲害……」

「金耶喔？楊麗花有來這裡唱歌仔戲喔？」

酒館門前種的 Lindenbaum 也非菩提樹，而是椴樹，常見於中亞熱帶地區的寺廟，做為菩提樹的替代樹種。譯者是故意？或是美麗的錯誤？

愛情火炬

匆匆用過晚餐，我們搭了出租車趕赴一場音樂會。

週六傍晚的維也納市立公園，史特勞斯圓舞曲在溫柔的晚風裡迴盪著。遊人如織，卻一點也不喧鬧，有的攜手漫步，有的斜躺在草坪上織夢。白色的涼椅也坐滿了人，人人意態悠閒，享受著美妙的黃昏時光。

想要認識一個城市，我通常都會先造訪公園，認為公園最能突顯城市的氣質。就像看看市場和菜籃子，便也能略知民生一二。

奧地利以音樂立國，維也納則是音樂之都，市政公園果然充滿著音樂和藝術氣息。小河緩緩流過，草坪芊芊，綠樹蔥蘢，鴿子閒散的「咕咕」踱著步。公園裡立有許多音樂家、藝術家的雕像，貝多芬、舒伯特、約翰•史特勞斯最為我們所熟知。有一座拉著小提琴的小金人雕像，在向晚的陽光下閃閃發亮，他就是小約翰•史特勞斯，號稱「圓舞曲之王」，一曲〈藍色多瑙河〉極負盛名，不朽名曲至今已成奧地利的第二國歌。最有趣的則是曲長剛好十分鐘，有些集體考試就常把它拿來做為測驗計時的背景音樂。

維也納音樂節是國際音樂盛會。每年夏天，除了在金色大廳舉辦奢華的音樂饗宴之外，市政公園的免費露天音樂會也是重要的項目之一。

入夜華燈點亮，露天音樂會吸引來更多觀光客，一對璧人牽手跳躍著步下台階，隨著華爾滋舞曲在場子裡旋轉飛舞，曼妙的舞姿像翩翩彩蝶。歌與舞無懈可擊的結合，讓人忘了今夕何夕。

白髮飄瀟的老夫婦、熱戀中的青年男女，甚至偶然相逢的萍聚伴侶，都紛紛相擁滑入舞池。夜涼如水，樂音繾綣繚繞，多麼令人難忘的夜晚。

一個青年高舉著一大把長莖紅玫瑰，像擎著愛情火炬，穿梭在人群裡。

「先生，買一枝紅玫瑰吧！」

男士們紛紛掏錢買了送給女伴，引來聲聲嬌笑歡呼，有的還回報以甜蜜的熱吻。晚風裡彷彿聽到紅玫瑰輕聲低語：

「我愛你！」

這是一句世界通行的語言，你我都願意相信。

串串牛鈴響

叮叮噹，叮叮噹……

坐在纜車裡，從地面緩緩升高，山林、草地、湖泊、房舍，全都在腳底下了。

遠山峰頂一片雪白，天色很藍，陽光亮麗，照著阿爾卑斯山的積雪，反射出晶瑩透亮的光芒，逼人眼目。

印象中，阿爾卑斯山的峻奇、美麗，全是由課本上的片段敘述組合而成的，帶著神祕的彷彿來自天界的魔幻色彩，我常常幻想它鳥飛絕、人蹤滅的孤絕。

如今，阿爾卑斯山的峰嶺，層巒疊嶂，起伏在周圍，阿爾卑斯山美麗的山谷，就在腳下。

纜車一台一台循序前進，相隔幾丈遠，方形的小車廂懸吊在半空中，叫人忍不住有幾分膽顫心驚。幸好江山的確多嬌，左顧右盼忙著看風景，也就把膽小害怕全都忘掉了。我們向前後纜車的朋友揮手，也向迎面而來的遊客歡呼。纜車的正面繪有各國國旗，幾聲歡呼，國與國交臂錯肩而過。其實國旗、國名、國界、國土有什麼意義呢？這樣美麗的大自然，是屬於所有上帝子民的。

隱隱約約，傳來叮噹叮噹的聲音，側耳尋覓，聽之在前忽焉在後，前後左右追隨不捨。有人猜測是纜車索環扣著纜繩滑行的聲音，可是怎會如此清脆好聽？是風吹動什麼嗎？像風鈴叮噹，像樂章裡一串快樂的音符，卻飄飄忽忽，不可捉摸。

山谷中一群乳牛低頭吃草，白的、黑的、花的，還有猶在吮乳的小牛犢，牠們有的專心吃著草，有的漫不經心的嬉玩，一揚蹄，一擺尾，叮叮噹噹，叮叮噹噹……啊，原來那悅耳的天籟，那世間最美妙的音符，竟是山谷中的牛鈴輕響。

叮叮噹，叮叮噹！

木蓮開在羅馬城

車子進入羅馬城，正是黃昏。

羅馬，是一個十足陽剛的城市，抬眼一望盡是歷史。走在寬廣的青石街道，舉目所見俱是宏偉建築，四平八穩的基座、巨大的石柱、大理石、花崗岩、羅馬磚，即使是斷垣殘壁或遺址廢墟，也能令人震懾於它的凜然氣勢。

羅馬，少花多樹，較少成團成簇的草花，和瑞士、荷、比的繽紛多色大異其趣。羅馬的樹，森森成林，葉密蔭濃，在街道邊一站，很容易就染上一身綠油油的顏彩。這些樹自然瀟灑，絕少有斫足斷臂、剃頭整型之事，即使人工整理亦不失自然，因此棵棵高大挺拔，錯落有致，恣意生長，與古城風貌十分契合。

最驚喜的莫過於與木蓮的異國相逢。木蓮原是我十分喜愛的花木，在南台灣難得見到，沒想到遙隔千山萬水，竟然在此乍然驚豔。七月的羅馬處處木蓮花開，瑩白勝雪的花朵，冰姿不類尋常芳菲，可惜已是黃昏，木蓮花顏逐漸隱入暮色中，再也看不真切。

臨睡前和朋友約好第二天早餐前偷點時間再去尋訪木蓮。

為了與木蓮的約會，竟然一夜不曾好眠，起了大早，出門走在寧靜的住宅區，幾乎家家庭院都種有木蓮。昨夜微雨，樹和花特別清新美麗，潔白的花朵在晨霧中初初綻放，空氣裡飄溢著隱隱約約的冷香。

後來又在服飾店的櫥窗看到一朵緞製的木蓮，雪白的花朵別在黑色晚裝的前襟，白底黑點的帽子、黑色的面紗，以及黑色鏤花的手套，神祕、高貴，時尚而且美麗。尤其那一朵木蓮花，端凝、矜持，恰如其分。

陽剛的羅馬城，有了木蓮花開更添幾分優雅韻致，令人難忘！

小屋的心事

我在屋前的樹下已經站了二十分鐘，太陽有時露臉，有時躲進雲層裡，使得屋子的表情晴晦不定。晴的時候陰影很深，牆面很明朗像在微笑。太陽隱去的時候，好像把溫暖也一併帶走了，一股寒氣兀地升起，令人寒顫。

我在小屋前仔細的看過，用手輕輕的撫過，門上拱形的裝飾，竟是石塊打鑿鑲貼而成。正方形的窗，長方形的門，紅瓦白牆原本無奇，加上了這道拱環形的裝飾，長短不齊的石塊，有點像小女孩畫的花邊，充滿了童趣，竟使得這小屋增添了動人的風采。

小屋位於滑鐵盧（Waterloo），拿破崙英雄夢斷的傷心地，此處曾經血流成河，死屍遍野，空氣裡彷彿還能嗅聞得出血腥味，聽得到廝殺叫陣的聲音。

拿破崙和威靈頓的指揮部也在這附近，經歷血戰，走過悠悠漫長歲月風霜的民舍，和這小屋一樣也是紅瓦白牆，殘破的屋容讓後人憑弔欷歔嘆惋不已。越過一條馬路就是萬人塚紀念碑，芳草淒清，含恨的異鄉戰魂在蒼涼的暮色裡獨向黃昏。

這幢美麗的小屋想必也歷經了慘烈的戰爭，收藏了滿腹心事，對著往來不絕的遊客，欲說還休。

早春

安平古堡牆垣旁邊的這棵緬梔樹，在早春悄悄冒出了新芽。輕寒的二月，天空灰灰暗暗，卻掩不住春天的消息。

這棵樹站在這裡，不知見證了多少歷史，槎枒老幹，虯瘤瘦皺的樹皮，想必是歷盡滄桑，閱人閱事多矣。古時稱之為「台江」的廣大海域，早已不見波濤洶湧、帆檣相接，而是鹽田、魚塭、木麻黃防風林，以及櫛比鱗次的屋舍，委實叫人難以想像當年鄭成功和荷蘭人據城對峙、隔海叫陣的情形。

何來江河萬古、金城億載？不過幾百年，便已是滄海桑田幾度變遷，人間興廢，更是何足論也！

心情寥落沉鬱之時，眺望眼前遠遠退下的海岸線、荒煙蔓草深處的墳壘，看一看這株緬梔，再想一想歷史以及人生種種，所有的興衰榮辱、悲喜得失，都像海潮一般遠遠退下了。

緬梔樹在安平料峭的早春天氣，悄悄冒出了新芽。

鹽田

車子駛過台南市安南區，放眼一望不是魚塭便是鹽田，蓄滿海水的池子倒映著雲影天光，視野十分開闊，可以滌思淨慮，把蕪雜的胸臆梳理得朗霽無雲。夜晚，濱海公路的水銀燈如星如鑽，也像一朵朵白蓮，浮泛在夜的波心。

白慈飄來訪，我帶她去北汕尾鹿耳門，去看當年鄭成功登陸的古航道，眼前浩瀚汪洋海浪翻湧拍岸，一頁歷史腥風血雨，歲月悠悠，卻彷彿什麼事都未曾發生。

再去參拜天后宮鹿耳門媽，幸遇執事蔡先生，說起因有媽祖神蹟，漲潮助攻，鄭成功的戰船才能長驅直入台江內海，一舉攻下普羅民遮城。

蔡先生是鹽民，耕有數甲鹽田，帶我們去看他的鹽山。他說由於鹽價長期低迷，人工製鹽早已不敷成本，無以為生，只能當副業了。由於不是主要生計，愛做不做都隨自己，和以前兩足泡得浮腫的鹽民不可同日而語。遇到連綿雨天鹽滷化為海水，一年收成泡湯，也不會像以前一樣氣急敗壞，氣噗噗的拿竹篙鬥菜刀去找天公伯仔討公道。

我們在鹽田穿巡，看得仔細，還踩了水車打進海水。海水引進鹽田，通過鋪設了土盤瓦盤的濾池，迂迴六道，靠著日曬風吹漸漸成為鹽滷，濃度達到百分之二十六左右就可以結晶成鹽。晶瑩的鹽粒像鑽石，耙聚成堆，裝滿竹簍，堆成小丘，在陽光下晶晶閃亮。

抽取海水進入鹽田的過程，由水車而風車而電動馬達，走過悠悠四十載歲月。再過幾年，這一片鹽田風光就要消失不見，取而代之的可能是高樓大廈，可能是科學園區，可能是遊樂場所，一個嶄新的都會區即將興起。

鹽田，就要不見！

風雨來去，歷史翻過幾頁。

過了很多年，再訪時，當年的鹽工宿舍已是半荒頹，留下的鹽田只做觀光用途，不再產鹽了。

鹽民蔡先生則已駕鶴歸去。

江河千古！

荷花

屋旁的荷花池因開路而填平，我就離開住了七年的鄉居。此後紅塵翻滾，常覺風沙滿身，不僅老了容顏，也老了心境，幸好在心靈最幽微的地方，還有一根琴弦溫柔的彈動，還有一角小塘，容得荷風蕩蕩。

我常常想念昔日屋旁的荷池，想念逝去的歲月。

今年初春，到處探聽荷花的消息，就像尋找一位久疏音訊的故人。好友惠理的婆家就在荷香十里的白河小鎮，為了我的荷花心願，三不五時就往白河跑，也常常接到她報告荷訊的電話。

三月，荷田尚未下種呢。

四月，沒有消息。

五月，沒有。

六月，荷秧新抽，綠色卷曲的葉心像嬰兒的小手，興高采烈的揮舞著。今年因為閏月的緣故，耽誤了例年節氣的船期，它們來遲了。

七月，粉嫩粉嫩的荷花含苞了，像嬌美的少女酡顏。我們迫不及待驅車去賞荷，繞遍了大大小小的荷塘。帶了茶具到小南海去煮茶，尼姑庵的日午，寧靜得只聽到蟬聲嘶鳴，以及遠方風吹荷浪的聲音。我心滿意足的把一片荷葉撕碎，放入小壺裡，沖了一盅荷葉茶，用以療癒已成痼疾的相思。

那日以後，我寫白河，常常一不小心就寫成了「白荷」。

燦爛

假日的早晨我去探訪朋友，進門的時候，巷口傳來垃圾車叮噹叮噹的聲音，朋友忙著清理垃圾。

我的視線被院子走道旁的一瓶花吸引了，藍瓷的大肚花瓶，配上一大捧繽紛的花朵，多麼燦爛。朋友說花才插了兩天就萎謝了，正準備把它丟棄。

「多麼可惜！」

我蹲下身仔細看著這些花，有牽牛，有海棠，也有薔薇和玫瑰，有些花瓣已經失去了水分，無精打采的萎垂著，顯然風華已過。

但是你看那燦美的顏色，粉紅、淺紫、濃濃的綠、豔豔的藍，深淺有致，多麼燦爛照眼。

這一瓶花，盛景遠矣，卻依然美麗！

你問我，心有所感嗎？

我想這是自然的律則，倒也不必多情到愁腸百結。文學裡多得是傷春悲秋的敘寫，看到花殘掉淚，聽到鳥鳴驚心，應該都是懷抱了太多的傷心情事，才會感時興懷無法自已。

都道花似紅顏，一年春光容易老，若不想見到花葉離披的殘敗景象，賞花宜趁早，莫要躊躇虛度等到花兒都謝了。

真正能讓人們驚嘆花落之美的，大概是櫻花吧？

櫻花見頃固然美麗，一陣風來花瓣辭枝，在風裡旋轉飛舞，這樣的景致有一個好聽的名字——「櫻吹雪」。

賞花人舉起酒杯接住了隨風飄落的如雪飛花，仰天一飲，花香酒香沁入心懷，彷彿自己也成了春天的一部分。

花開有時，花落亦有時。

花開是美，花落也是美。

花開花落圓滿了「燦爛」兩字。

冬山河

深夜的北宜公路像黑暗的雨林，斜斜的雨絲拍打著車窗。車子一路奔馳，兼程趕路。車過九彎十八拐，幾番峰迴路轉，蘭陽平原的燈火忽隱忽現，在暗夜裡閃爍，引領著我們。這些人間燈火清美如星鑽，想要擁抱它們，卻又清楚感覺彼此之間的距離。

推開梅花湖水上木屋的門時，子夜已過。湖邊的青蛙呱呱叫著，有的重濁，有的稚嫩，呱呱呱呱，是一家子熱烈的對談。

第二天清早，霽明天色穿透窗幃把我們喚醒。我們去冬山河，看到那樣的好山好水好天地，真叫人覺得幸福歡喜。

蘭陽，小學時從課本得知這名字，覺得真美，而且又是出產好吃稻米的平原，雖然也知多風多雨，仍然心中充滿嚮往。相對於西部地區的風塵滿面，山明水秀交通不甚方便的後山的確是人間淨土，整治成功的冬山河更是後山的一顆明珠。一有休假的機會，大家都想往後山跑。每年舉辦的國際童玩節更吸引來大人小孩，成為暑假期間的盛事。

更愛的是親水公園。可以把橋造得這麼美，河水這麼澄澈，綠草芊芊，彷彿不染塵泥。

每次到蘭陽，走完白天的行程，下午最想到親水公園閒步蹓躂。黃昏的美好時光令人陶醉，夕陽在天，晚風徐徐。阿公阿婆來散步，年輕的父母帶著孩子來玩水，男男女女自在的悠遊徜徉。這是一條盈溢著人文之美，而且與生活相結合的河流。

長虹臥波，青青的草地隨坐隨臥，緩緩流動的河水，以及親和純樸的人們，這樣的人間仙境，不僅是宜蘭人的驕傲，也是我心目中宜室宜居理想的家園。

流水情懷

插足同一溪流
流水已非昔日

二十多年前的知本，溪水彎彎的流過，窄長的吊橋搖搖晃晃，一步一聲驚呼。兩岸的金針花迎風招展，沐著斜陽走過吊橋，就像走進一個美麗的夢境。溪裡有許多處冒著輕煙的溫泉，山村的孩子裸身泡在溫泉裡，幾個頑皮嬉鬧的小精靈光著屁股到處跑。

溪面上開了幾朵傘花，據說是山村小姑娘在洗浴，打開了傘掩住春光。想一窺究竟，卻又不好意思明目放膽的張望，不知是不是真的把衣服撩起來盤到頭頂，洗好了再慢慢的放下來。

那一年我們畢業旅行，涉水在知本溪撿白石子，用手到處去探試水的溫度。雖然很羨慕山村孩子以溪流為大浴池，卻也只敢在知本大飯店的浴缸裡泡澡。二十多年之後，知本大飯店不流行了，老爺酒店的三溫暖日式湯浴招引來踵足相接的遊客。

文明侵略到這裡，山和水都變了顏色。

又一個二十年，流水更非昔日。

以一段足夠長的時間，來觀察某個特定地點的地形地貌和人文在時間淘洗下的變化，是可以有很直觀的對照和更深層的感悟的。

知本的確歷經天翻地覆的重磅災難，風災、雨災、河水氾濫、土石流失房舍倒塌，生命財產的損失難以估計。所幸經過重建和休養生息，已然逐漸恢復了生機。

憶起有一年我去尼泊爾，夜晚結夥去泡野溪溫泉，就是穿了一件鬆緊帶長裙，像當年知本溪的山村少女一樣，把裙子盤到頭頂，泡完澡再緩緩的放下來。感覺自己也像森林的精靈。

許多年過去，知本依然是我愛。

也慶幸生命裡留下了她最純淨、最美麗、宛如伊甸園一般的善美時光。

我們去看海

車行過了枋寮、枋山，到了楓港轉進屏鵝公路，就一路貼海而行了。海天壯闊，白雲悠悠。保持平穩的速度前進，並且搖下車窗讓海風吹進來，彷彿能夠聞到海洋的氣息。這樣開車真是舒心快意。

看到「海口沙漠」這四個字，並且在腦海裡盤旋一圈，又出乎意料之外的同車五個人都心有靈犀，想要去看看到底為什麼叫「沙漠」，此時車子已經馳過好遠。我們踅了回來彎進小路，把車泊在木麻黃樹影下，走過高低不平的沙丘，到海邊去。

令人驚喜的是海灘平整潔亮，沙丘在陽光下閃動著金色的流光，海和天的顏色那樣的明淨晴藍。我們遠遠的看著這一片美麗的天地，幾乎是躡手躡足的走向它，像是初探一塊神祕的夢土一般歡喜。

脫下鞋襪玩沙、踏浪、戲水，像孩童一般打起水仗，還撿了幾枚貝殼，欣喜這半路撿來的好風景。

懷著拾到瑰寶一般的滿足心情，我們繼續行程前往墾丁，改變了原先計畫的路線，繼續沿著海岸前行，射寮、萬里桐、山海、紅柴坑……一路走下去，把車速減到最慢，靜靜的藍色海洋就在車窗外，白雲繾綣，相隨不捨，彷彿可以伸手把它們抱個滿懷。

第二天回程的時候，則是貓鼻頭、白沙、紅柴坑、山海、萬里桐……一路倒著走上來。在看到「海口沙漠」這四個字時，一輪紅紅的落日在防風林的上方，正要掉下海去。

扮戲

那天下午，經過建醮廟會的戲棚下，聽幾個坐在小板凳上一邊等一邊聊天的老太太說，再過一個小時戲就要上演了。

戲棚子用紅白藍三色條紋的塑料布搭成，有彩繪的畫棟雕樑和假山流水的背景，雖也簡陋，但比起早年農村的野台戲，顯然富麗許多。戲台角落，一個赤腳老漢咿咿嗚嗚的試著胡琴。

我轉到後台去。後台有限的空間裡，擺了兩排裝行頭的箱子，一群鶯鶯燕燕正對鏡梳妝。搽胭脂、描眼線、貼亮片、戴頭套，忙得不亦樂乎。都是一群女娘們，原來是歌仔戲家族，父母退休了，現在由三個姐妹領團，到處奔波趕著在廟會慶典演出。

很辛苦嗎？他們說倒也不會，因為想到從前的更苦，現在應該算是甜了，至少不必睡戲棚下，不必飽受淒風寒雨之苦。三姐妹中的妹妹，還是在戲棚下出生的呢。

一旁沉默的是她們的姑姑，她從七歲上台演出到現在已逾三十年，曾經坐著牛車跑遍全省各城鄉小鎮，曾經綺年玉貌戲迷追捧，如今卻是摽梅已過。

「演歌仔戲還是很辛苦的。」她說著低下了頭，怔怔出神。

透過塑料布的光線漸漸暗了下來，鑼聲響起，戲就要開演了。

搽上胭脂，點上口紅，戴上花冠，再披一條紅色的紗巾，好好的打扮打扮，我要做你的小新娘，等著你騎著白馬敲著鑼鼓來迎娶……

哎呀哎呀，不是這樣啦！

原來唱歌仔戲的媽媽在前台演戲，三歲的她在後台等著，等了好久好久，還不見媽媽回來。胡琴咿咿嗚嗚如泣如訴，鑼鼓鐃鈸有時喧天價響，有時沉鬱憂傷，一聲聲就像敲在心坎兒上。

從掀開一角的布簾偷偷望出去，媽媽滿場穿走，神色悽惶，不知道發生了什麼事。

她明白媽媽是在演戲，但是為什麼不能演些快樂的戲，卻要讓自己這樣悲傷？

媽媽披頭散髮，又哭又唱，害她忍不住也要哭了。

後台的阿姨說：

「別哭別哭，我替妳搽口紅，妳戴上媽媽的鳳冠，妳拿媽媽的紗巾，這樣就是小旦了。嘴巴笑笑，眼淚不要掉下來……」

黑白照片

整理舊書的時候，掉出來一張黑白照片，心湖不由得為之波濤起伏，久久不能平息。照片的場景是就讀師專的校慶晚會，我和同學正在台上表演，舞名〈黛綠年華〉，裙子是綠色的，很合題旨。

那時物資不豐，生活克勤克儉，舞衣只好就地取材，我們拆下綠色窗簾做裙子，紳士帽和頭飾都是紙做的。有一次跳宮廷舞，則用床單和蚊帳做舞裙。跳劍舞就自己動手刻木劍，每天晚自習時不懈的孜孜刻鑿，刻了好幾個星期。

生活雖然寒蹇，十七歲依然十分美麗。

結婚的時候，照片有一些是黑白的，有一些是彩色的，彩照剛剛開始萌芽。翻看照片，可以看出很明顯的分界線，結婚以前黑白，以後正式步入繁紛多麗的彩色時代。生活也是這樣嗎？

老屋拆除的時候，我回到故居整理舊物，翻出鄭重珍藏的三大本相冊準備帶回。一不留神卻被父親隨手扔進焚燒雜物的火堆裡，我失聲驚呼，父親淡然的說：

「又沒有妳，留著有什麼意思？」

老眼昏花的父親，竟然看不出黑白照片裡的女兒了，他哪裡知道，那些照片是我一張一張無比珍惜的黏貼上去的，是我由小學而中學而大學的成長紀錄。

一時之間我由錯愕而百感交集，傷痛莫名，不斷的流著淚。卻又突然覺得兩肩重擔盡卸，心上石頭落地，無牽無掛多麼快意，彷彿經歷了一場生命的大捨大離。

從那之後，我變得不喜歡拍照，很抗拒入鏡，對待等閒人間芳菲，花花草草，除了過眼，也不再想留下什麼了。

等

你知道我不喜歡等待
卻讓我站在這裡
等來了滿城燈火
然後在心裡
一盞一盞冷冷的熄滅

有人說：等人是藝術，被等是罪惡。

不管怎麼說，我都以為等待是一種折磨，是情感的煎熬。

等，其實只是數著時間，一分一秒滴答滴答的過去，直到最後一刻，要等的人到了，等待的事情發生了，一切功德圓滿，又有何難？

等，何以竟是千迴百轉、萬般折騰？如果明知等待的人一定會來，等待的事一定要發生，一切都在預期和掌握之中，等待又有何難？等的人必然能夠心平氣和、好整以暇的靜待該來的人到來，該發生的事情發生，一切都按部就班，循序而行，在時間滴答滴答的聲音裡依約前來。

等待之為苦，便是在於面對未知，混沌不明，一腔情懷欲寄無從寄，從而產生的疑慮，最是叫人無法消解。到底等的人會不會來？等待的事會不會發生？結局究竟是如何？……漶漫無邊，無從摸索掌握，這樣的苦，最是不堪咀嚼。

有時命運弄人，等待的人交臂錯肩而過，等待的事咫尺天涯，恍如隔世。等待一日，如歷三秋，等的人心焦情急，等到紅顏變成白髮。

等，是痴，是苦，是深淵。心眼看得開的人，或能及時醒悟，收拾起低盪徬徨的心情，既知無緣，不等便罷，揮手如雲自在逍遙而去。情痴的人則不知怨、不知悔，衣帶漸寬的等待，消損蝕骨，直到地老天荒，直到數完恆河沙、飲盡恆河水。

遙遙無期的等待，多麼令人心累，情悔。

無悔

年輕的時候，幾乎一天到晚都在後悔，常常事情才做過，就立刻悔不當初，氣急敗壞，恨不得重新來過。年輕的日子，手中握有太多的籌碼，正不知要如何揮霍，錯了，重來一次，重走一遭，都是無妨的。偶爾和命運開個玩笑，耍耍賴，撒撒野，也都能被原諒、被寬容，因此，雖然口口聲聲喊著「後悔，後悔，後悔」，卻沒有太強烈的後悔心情，更少有那種又痛又憾的體會。

等到有了幾分了悟，覺今是昨非，卻發現歲月已然翻臉無情，亦步亦趨的緊迫盯人，分明不肯再縱容、再寬貸，就算恨死痛死後悔死，也於事無補。在哭得滿臉淚痕肝腸寸斷之後，到頭來還是得自己擦去眼淚，站起來一步一拐的勉力向前走。

以前我也愛後悔，常常懷著惹了禍壞了大事的心情，費盡心力想盡辦法，千方百計的或為自己辯解撇清，或力圖彌補，到最後總覺得一切的努力都像螳臂當車，徒勞無功。除了覺得不值，還讓自己更痛更悔，沉入更深的痛苦深淵。錯了，就讓它錯吧，要有承認錯誤的勇氣，更要有忘記錯誤的能耐。有時將錯就錯也是一種人生哲學，不這樣，碌碌此生，更要如何將息？

人過中年，早已發現走的是不歸路，悔之無益，那麼，就不後悔，連傷感也不必了，一路前行便到終點。

別離

在一次聚會之後，臨別前夕，大夥兒在星空下話別，有人哭得氣噎神傷，令人驚詫。短暫的相聚，感情的投注不多，分手原應容易，未料有人情深如此，是天生多情的人吧？自古多情傷別離，這樣的心情，值得十分珍惜。

因為人生匆匆，如露似電，偶然錯身，倏忽遠離，不留痕跡，只留下模糊的面目，甚且有時連這樣清淡的印象亦付闕如。因此有個人能夠因為別離而讓你牽腸掛肚、傷心傷懷，毋寧是一種幸福，自應感到不虛此生的歡喜。

人際的相即相離，也如浮萍聚散，絲毫勉強不得，豁達的人能夠一切隨緣，相離之際猶如送別天上雲彩，揮手自茲去。他日再相逢，是幸；從此海角天涯，是命。有者終須有，無者終是無，什麼都不必說，也不必強求。

執著感情的人輾轉煎熬，得與失都是折磨。臨別涕泣，折柳擲蘆，無限依依。回轉身，說不定也是雲淡風輕，船過水無痕。然則相別之時，卻是黯然銷魂，其情可感，令人低迴無已。

感情如果較真，其實是無可度量、無以評價的。日月可鑑，金石為盟，都是以後才能驗證的事，與別離無關。能夠為離情作注的，也只有幾行清淚，幾聲喟嘆，幾度回首不捨的眼神……這些，轉眼也成空，無處追尋。

如果把臨別一幕，視如舞台上的表演，粉墨一場，是喜是悲都當做戲。有人分明沒這個心腸，卻要扮演多情種子，纏綿悱惻執手依依。有人心中苦如黃連，卻強作歡顏，把沉重的心情故意輕描淡寫揮手喝去！更有低迴轉折，分不清酸甜苦辣、憂歡悲喜。

人世間的生離死別，又豈止是黯然銷魂而已！

情緒

我有一位同窗好友，不知是自小就不會笑，或是忘了應該怎麼笑，有一次大夥兒在一起笑鬧，笑得喧天價響聲震屋宇，突然有人發現新大陸一般的指著她：

「奇怪，妳為什麼沒有笑聲？」

真的，同學幾年，我們真的從來沒聽過她的笑聲。她大笑時是大張著嘴，無聲；輕笑時是微咧著嘴，也是無聲。誰也不知道她的笑聲是像銀鈴一般叮叮噹噹，或是像火雞一樣咯咯咯咯咯。

這之後，常有人熱心的要教她笑，她是越學越靦腆，更加笑不出來了。

一個小朋友參加演說比賽，老師訓練他動作表情，遇到要傳達憂愁的語句，老師要他做出一個皺著眉頭煩惱的樣子，他卻無論怎樣嘗試，都無法把眉頭皺起來。

「你從來沒有皺過眉頭嗎？」

「沒有。」

「沒有煩惱過嗎？」

「沒有！」

這才發現，他的確是一個愛笑的孩子，很少有不快樂的時候。

每個人對於喜怒哀樂的品飲，各有程度深淺的取捨，對於情感的宣洩，也有不同的處理方式，原本無關乎他人，披髮佯狂或鼓盆而歌，都無不可，青眼、白眼也可任由君意。然則處在今日的群體社會，情緒生活的合宜與否，關係著人際的和諧，也是事業成功的條件。

因此，情緒的宣洩是需要教育和學習的，希望能哭笑得宜、喜怒有度，能在適當的時機做適當的表達，此為成熟人格的特質。

情緒不夠成熟穩定，喜怒無常、愛恨過分強烈，或該悲時不悲，不該悲時大悲，都是有悖常理，不僅自己受苦，與之相處也是一種虐待。

情緒成熟的人，雖然遍嘗酸甜苦辣，曾經得意盡歡，也曾淚橫兩腮飽受折磨，惟其如此，才更能體貼別人的心情，更能關懷周遭的事物，也更能珍惜世間一切情緣，寶愛人生。

與朋友久未聯絡，我一直沒有探究她為何不會笑，也不知她是否學會了「有聲有色」的笑。而那位無憂無慮的小天使，在成長的過程中，必然會逐漸脫離童稚的歡笑，在皺眉展顏之間，對人生當有更多的體悟。

當然，最好是人生多歡，常樂無痛苦，人人都能笑口常開，讓朵朵春花飛上無憂的容顏。

一塊玉

很多年前的一個初秋天氣，偶然路過青年公園，民俗劇場一系列的活動正熱烈的展開。我逛到一個賣玉的攤子，主持人是一位年輕的玉石工廠老闆，他標榜的是「把玉帶入生活，美化人生」。

我在他的攤位前站了許久，看到鋪了藍色桌布的檯面上，擺滿了玉葫蘆、玉八卦、玉圈兒等等質地粗劣的玉飾，繫上了紅色的絲繩，標價出售，很多隻手忙碌的挑選著。兩個小師傅坐在攤位後頭，慢慢的琢磨著一對玉香爐，一看就知道是擺樣子的，青玉的質地，看來就像觀光區或印石鋪到處都有的義大利玉石。這些粗糙拙劣的物件，怎能美化生活？

「沒有其他的好東西了嗎？」

年輕的老闆搖搖頭，原來好的貨色都送到銀樓或直接賣給收藏家了，只有三流、四流的品級才敢拿來擺攤，因為怕失竊，不堪賠累。

後來，他像想起了什麼，撩起月白的袖子，露出腰下繫的一塊玉。

「古玉，要不要看？」

我要他解下來，托在手掌心細細的看著。玉並不古，還透著幾分生澀，缺少溫潤的古意，但是，玉佩上雕琢的荷花荷葉卻深深牽住了我的心。

這些花葉雕鏤得並不細緻，有點漫不經心，卻也有幾分樸拙和灑脫的韻致。我原已有一個荷佩，雕得仔細，荷葉迎風捲了起來，脈理分明，莖上的細刺也清楚可見，像一幅寫實的素描。夜裡讀書，我常常把它握在手上，或舉在燈前，彷彿可以聽見一田荷葉颯颯響動。

對於荷花，我有不可解的痴迷，說不定前生曾有過情感糾纏。有一個時期，家居荷池畔，日日觀荷，有許多頓悟，對於荷花卓然出水高潔不染的風骨，十分感佩。這意象，對於自身德業的修持，應有幾分導引匡扶的作用吧？

不居荷池畔，荷花卻已長植心中，在塵思雜慮裡偶一想起，內心便有最溫柔最多情的感應。

我玩賞著手中的荷佩，雖見有一焦黃的瑕疵，但只要是荷花我都喜歡，誰能拒絕在困境中掙扎向上的高貴靈魂呢？我愛荷，或許便是源於愛自己，也愛所有高潔的操守吧。

試問琢玉人，這個荷佩是否有價，他搖頭不肯割愛，我不便強求，而且，原是偶然路過此地，隔天一早便要搭機到金門去，口袋裡的錢是準備買酒用的，也就沒有與他多談，匆匆的走了。

沒想到金門歸來，一顆心再也安放不下，無端的牽腸掛肚，想念那塊失之交臂的荷佩，心中有些懊惱，竟至寢食難安，情思不能已。那兩株荷花在心中倏忽幻成千畝荷田，颯颯風搖，變成生命裡的絕美。

撥過幾通電話，沒找到琢玉的人，只好請託朋友替我找尋。後來，我和朋友因故失去了聯絡，兩年後輾轉接到他的信：

「整理抽屜時，看到替妳買的玉，郵寄怕玉碎，面交又苦無機會，竟成了心中最沉重的負擔……」

再見面，完全是因為玉的緣故。

夜色下，就著薄淡的燈光，打開小小的紅緞錦囊，心湖裡亭亭一枝荷，緩緩凌波而起。朋友提醒我：

「可惜這塊玉有瑕疵。」

又有何妨？對於生命，我所求原本無多，只擷取一點點的美，心疼一點點的不捨，
並且掬飲一點點淡淡的歡喜。
只這些，人生便已怡然有味。

車過南迴

春分節過後，我踐履了與春天的約會，自駕南迴改，婉謝了好友共乘的邀約。

早期到花東，都仰賴行走南迴公路的公路局班車，路途遙遠顛簸。朋友曾在台東服務，經常得攜兒帶女來回這段地無一里平的「難回公路」，每每暈得七葷八素連膽汁都嘔出來。一九九一年南迴鐵路通車，才稍稍改善了惡劣的交通狀況。

幾度開車環島，必經舊南迴公路，幾個月前也特意再度前往，再次體驗這條路的曲折迂迴險阻，路的確是千迴百轉的，景色卻也美好無匹。也特別去探訪了壽卡鐵馬驛站。這裡原是檢查哨，解除管制廢哨之後，屏東縣政府將之做為往來遊客的休憩中途站，而且提供飲水、廁所、旅遊資訊，是二輪族的最愛。如今更是許多旅人打卡的勝地，單車族會在這裡交會，互相提供情報，或結伴同行。據一位來自台北的單車男說，壽卡是南迴公路的最高點，正好介於東西兩路的中間站，這天是行程第四天，準備再用四天時間經東岸繞一圈回台北。

驛站，溫暖著旅人的心，也為舊南迴留住一些美好情懷。

二〇一九年十二月南迴改全線通車，創下交通工程最艱鉅的任務，但成績亮麗，勇奪交通工程最高榮譽獎，也提供給台東人一條安全回家的路。這項改善工程最重要的是拓寬路面和截彎取直，兼顧安全、救援、環保和觀光的多項功能。其中最具指標性建設並吸引眾人眼球的是草埔隧道和安朔高架橋。草埔隧道全長四點六公里，以鑽炸工法鑿穿中央山脈，由於岩層脆弱地下水噴發，工程之艱鉅險阻可想而知，真的是一場施工人員與大自然天險的搏命挑戰。

安朔高架橋全長十一公里，是銜接草埔隧道的橋墩道路，蜿蜒在山谷密林中，工程人員稱是「藏橋於林」，我卻覺得更像龍蟠於林，宏偉壯麗無與倫比，簡直是鬼斧神工。

對於這條台灣最美公路我是慕名已久，早已躍躍欲試。車子一上楓港外環道我就開啟了旅遊模式，所有烏煙瘴氣雞毛蒜皮都拋諸腦後去了。駛進草埔森永隧道時忍不住驚呼連連，讚嘆工程的峻偉雄奇。出了隧道口車子像遊龍一般行駛在二十層樓高的安朔高架橋上，速限七十公里盤旋直下，兩旁叢山密林景色奇絕。橋墩架得這麼高並採大跨度施工果然是有用的，可以把對環境生態的破壞降到最低，行車視線更是最佳，山川壯麗，連幅美景都到眼前來了。

出了山區過了大武村莊就逐漸傍海而行了，左側是大武山，右側是浩瀚的太平洋，山重水複視野壯闊，有時大海就橫在眼前，開著開著彷彿就要直接衝進大海裡。蜿蜒海岸線浪花翻湧，像是給大地繡了白色的花邊。海天一色，多層次的藍美得醉人，若有白雲嬉遊，就是一齣天地海的盛大演出了。

大武、大鳥、金崙、太麻里……一路暢行。行前我下載了許多有關海洋的樂曲，對應著眼前景色，以及隱隱約約的海濤聲，頓覺自己的渺小，像嬰兒一般，被這一片廣大的天地海包覆擁抱著，心中滿溢著幸福的感動。

曾經自駕走過 US101、道北稚內，和大陸東海沿岸，若要說風景的壯麗偉秀和行駛的悠然暢快，這條南迴改應是我心目中的第一！

原載二〇二一年五月八日《金門日報》副刊

尋找加路蘭

車子一出台東市區開上海岸公路，我就坐立不安了，心底藏著一個祕密，隱隱有幾分興奮，也有幾分情怯。

上個世紀的畢業旅行路過花東，很偶然的發現一個小小的漁村。

這漁村本不是我們停留的站點，只因為從車窗看見此地的岩石特別蒼勁，頗有水墨奇石的韻味，而且湛藍的海水幽邃如深情的眼眸，我們便要求司機停車，小作逗留遊賞。

這樣意外的相逢是一種情緣。站在海岸邊的礁石上，遠眺浩渺的太平洋，看那海浪拍打著防波堤，激起飛瀑一般的浪花。小小的港灣停泊著幾艘漁船，隨著水波蕩漾，船影零亂。魚市場的一隅，條凳上三三兩兩的坐了幾個老人，閒散的抽煙、嚼檳榔，或下棋聊天。空氣裡流漾著陣陣魚腥味，以及海洋濃厚的氣息。

這時，港灣裡突然「噗噗」駛進一艘小船，很快的泊了岸。一個瘦長清癯的漁夫跳上岸來，在近晚的光線下，神情顯得幾分沉鬱，幾分滄桑，很像是從銀幕上走下來的飽嘗風霜的天涯浪子。從我面前經過時投給我深沉的一瞥，許多年過去，那眼神依然熟悉如昔。

這個小小的漁村，名字叫做「加路蘭」，據說在阿美族語裡正是「水」的意思。名副其實的水鄉，令人懸念。我把這個美麗的名字深深的鐫進心版，從此一想到水就想起她，想起那浩渺的萬頃碧波。

但是這個水鄉後來竟成了謎，不知它正確的位置到底在哪裡，因為歲月流轉地名也常有更迭，我經常向周遭的朋友說起加路蘭，探詢它究竟是在何方。

奇怪的是問了台東的朋友，都說加路蘭就在台東。問花蓮的朋友，又一口咬定加路蘭是在花蓮。幾番探詢都不得要領，讓我更加糊塗了，當年的偶遇竟恍如一夢。

最近努力爬梳新得的資料，終於發現台東、花蓮的朋友都沒說錯。兩個加路蘭，一在台東，一在花蓮。

台東的「加路蘭」，阿美族語的確是「水」的意思，地點就在今日的台東小野柳。小野柳南方的富岡漁港舊名「伽路蘭港」，或許就是我半個世紀前偶然停留的地方。

花蓮的「加路蘭」，kaluluan，是部落人們模擬海岸山脈落石的聲音。地點即今日花蓮豐濱的磯崎。

兩個加路蘭，都是美麗的水鄉，永遠碧藍在我心中。

原載二〇二一年五月十七日《金門日報》副刊

台十一線的幸遇

台東縣境幅員狹長，海岸線也是全島最長的。如果要遍覽台東，只要開車巡遊沿著海岸的台十一線，再轉向平行縱谷的台九線，這樣便能把大部分的景點玩過一輪。

我特別喜歡濱海的台十一，幾度來回，都覺意猶未盡。

這條海岸公路平日車輛不多，通行順暢，而且沿線闢有幾個遊憩區，路邊也多涼亭，停車、遊賞都很方便。

眼前是太平洋美麗的海域，或椰林幽景，或豆腐岩、風蝕岩疊立，或卵石、沙灘一望無際，細浪翻白，海風徐徐，真是人間仙境。

同行的友人K君年輕時在三民國小任教，常在假期和同事或部落的青年相約去海釣，一去七天、八天。他說帶了釣竿、魚簍和米麵就出發了，從加路蘭沿著海岸一路向北直到花蓮豐濱。白天釣魚，或在兩座礁石間拉起漁網，等待退潮後把經過的魚一網打盡。黃昏就撿石頭架起簡單的灶，烤魚，煮飯，在暮色裡晚餐，然後躺在沙灘上看星星、練肖話，在海濤聲中闔眼睡去。

K說這是他人生最快樂無憂的一段美好時光。讓我想起陳建年的歌：

選擇在晴空萬里的這一天
我揹著釣竿獨自走到了東海岸
徜徉在海邊享受大自然的清新
忘卻所有的煩憂心情放得好輕鬆
……
……
喔　海洋

花東的美好，正是如此。我試著在台十一線尋找這樣的生活。

有一次為了看海，為了尋找一間可以看海的咖啡屋，從八嗡嗡轉入舊的台十一線，新台十一開通後這條舊線少有人車。短短的道路非常貼近海洋，路旁一站就可以看到浪花拍岸，聽到濤聲轟隆。

一間簡單的茅草木屋敞開著店門，進到裡面看到紮頭巾的男人正在掃落葉，一陣強勁的海風颳起，欖仁樹上的紅葉紛紛紛的落下，滿院子飛舞。他把我們讓進屋。原來是阿美族藝術家拉飛邵馬和他加拿大籍的妻子海地在這兒開的實驗平台。拉飛主要做漂流木創作，海地則專攻繪畫、陶藝和布藝器物，還計畫結合其他藝術工作者做定期展出和論壇交流。

端一杯咖啡坐到簷下，和藝術家偶爾一兩句的交談。有時望海，有時忘言，日影悄悄西斜。

後來拉飛和海地的工作室搬到長濱去了。

濱海路上也有一些小攤子很引人注意。曾經為了尋找新鮮的樹豆，我一路由泰源部落尋到成功市場。由於不是產季少有人販賣，菜攤阿桑告訴我可以到路邊小攤問問看，或許會有阿美族婦女採來賣。

的確是的，在八嗡嗡附近就有一個茅草覆頂的竹亭「旮祭來鐵馬驛站」，有桌有椅，閒坐了幾個婦女，亭前的架子上擺了一些野菜、芋頭、香蕉，還有海裡拾來的苦螺和扇貝。我買了香蕉就和她們攀談起來，知道她們沒事都會聚集到這裡，賣賣自種的水果青蔬，交換東家長西家短。這時來了一輛小發財車，賣芋粿、甜粿、紅豆粿、菜頭粿，我買了一些請大家吃，有人貢獻了小米酒和飲料，儼然是個茶話會了，談談笑笑，人間靜好，多麼簡單的幸福。

下回再來，希望還能再遇這些熟悉的臉容，我們是朋友！

原載二〇二一年五月二十四日《金門日報》副刊

我在台東・鹿鳴呦呦

有一年我在東河的農場住了一星期。

東河農場曾是種桑養蠶的農場，轉型後經營旅宿。位處台二十三線的中間點。

我每天開著車進出台二十三線，經小馬隧道前往台十一線的濱海公路，去采風悠遊，看海聽浪，聽人說故事。有時咖啡屋坐著就去掉半天時光，什麼事也沒做，就又經小馬隧道回到農莊的居所。

投宿的第一個晚上，半夜聽到「呦呦呦」的叫喚聲，遠遠近近，此起彼落，相互呼應。

睡眠向來不好，很晚才睡下，剛要闔眼就聽到呦呦聲，很單調，有的低沉沙啞，有的拔高尖銳，呦呦呦吵了一夜。思前想後想不出這是什麼動物的叫聲，隔日一問才知是山羌求偶的情話綿綿。

山羌，我把牠當鹿了，是近親。呦呦呦，晴天時叫一整夜，吵得我幾天睡不好。

最後幾天，天陰、下雨，呦呦聲消失了，換成呱呱呱。一隻老青蛙帶著兩隻小青蛙，呱呱呱，一陣一陣，應答了一整夜。聲音很近，就在窗下，想必排水溝的涵洞就是牠們的家了。

天天被呦呦呦、呱呱呱輪番鬧著，睡眠嚴重不足的我只好晚睡晚起。醒來仍然穿過小馬隧道到海邊去。或遠征到成功、三仙台、長濱，然後趕在天黑之前回來。

有時不經小馬隧道，特地繞到泰源幽谷，為的是看那幾張椅子。那是用鐵條和白水泥形塑成各種形狀的座椅原型，再貼上彩色瓷磚，既是藝術創作，也是實用的椅子。我常常坐一會兒，再到泰源部落轉一圈，然後心滿意足的回農莊。

這時夜幕已經落下，是晚餐時分了。

接下來的幾個晚上，沒有呦呦呦，也沒有呱呱呱。

我在台東，天氣晴。

原載二〇二一年六月十一日《金門日報》副刊

我在長濱巡田水

一路前行，從加路蘭到長濱，就已到台東、花蓮的縣界了。

站在「加走灣」（長濱舊名）的瞭望台遠眺，海天一色，萬里晴碧，遠方的三仙台清晰可見，可以感覺空氣的透明澄淨，沒有一絲污染，還彷彿有著幽微的香氣，海洋的氣息。

前年在這個路口有一台咖啡車，是個勤懇有禮的長濱青年，原在上海的公司任職，因為父母年老需要照顧，就毅然辭職返鄉。東部偏鄉謀職不易，就先組個咖啡車吧，他家種有半畝咖啡樹，豆子自己烘焙，目標是有一天能開個小小咖啡店。

攤車旁邊擺了兩張藤椅，他的父母坐在那兒，看著他，看著人來車往。

我點了海鹽咖啡，在地的豆，在地的傳統柴燒海鹽。

煮咖啡的時候，他不時回頭和父母說兩句話。這樣子把父母帶在身邊，這情景讓我動容。

這次來沒看到他的咖啡車，希望等一下到長濱巡田水能有驚喜的巧遇。

輸入「忠勇村金剛大道」,Papago 導航竟然帶著我在阡陌田埂間團團轉,越走越荒僻，越走越無人煙，有點忐忑心慌。重新下指令「金剛大道」，才漸漸的走出迷魂陣。但是這樣的迷航也是挺不錯的，把長濱的田水巡了一大半，千迴百轉繞出來時，眼前就是金剛大道了。

禾苗新插，禾風蕩蕩，梯田高低錯落有致。沒有電線桿，沒有礙眼的建築，放眼望去一片水嫩鮮綠。筆直的金剛大道由近而遠通向天邊，彷彿是通往幸福的天堂路。是春天，田埂上紅的、白的、紫的野花到處開著，像繡著花邊、鋪著織錦，大地一片絢麗。這情景讓我想起安曇野，日本長野縣北阿爾卑斯山腳下的一個美麗村莊。五月安曇野田水漾漾，也是這樣的景色。

安曇野被稱為日本最富藝術人文氣息的村莊，有著全國密度最高的藝術館美術館，特別多的是繪本美術館。那年走完立山黑部下山來，在安曇野徜徉幾日，每天就是看山、看水、看綠野田疇，騎著單車御風而行。或整天泡在博物館繪本館的書香咖啡香裡，那真是生命裡最美好的歇息和享受。

長濱和安曇野有著極相似的氣質，人與景都美麗。

現在的長濱，在山崖，在水湄，偶可發現極有特色的小店，小小的咖啡館，小小的餐室，小小的藝術工作平台，藝術家進駐，年輕人返鄉，充滿著青春的熱情和生命力。有他們，我覺得長濱會長長久久，一直美麗下去！

長濱，美麗的山水之鄉。

原載二〇二一年六月十一日《金門日報》副刊

海人上菜

海洋是個大冰箱。簡單的生活就是把這個冰箱裡的食材端上桌。部落青年都擅長漁獵，海洋直通廚房。花東靠海吃海，也有最好吃的縱谷米，因此花東之旅常常順理成章成了美食之旅。

花東很多名宿、名廚。有在地湯湯水水熬練出來的總鋪師，也有出外學藝回來創業的年輕人。除了口碑相傳的異國料理賽米其林幾顆星，最流行的大概就是無菜單料理，老闆下海去捕魚，捕到什麼就給你吃什麼，戲稱是去太平洋總公司，用最環保的方法取回食材。原住民年輕老闆多半很有護鄉、護土、護海的理念，對待食材料理也強調原味、粗獷、大器，用心給您最好，而不是只看重你口袋裡的錢。他們的真誠經營讓人敬佩。

除了新鮮海味，旅人也可嘗試原住民的傳統料理。

有一餐我就預訂了在部落裡的阿美族風味餐，手抓飯、生醃豬肉、野菜野果……除了飽食還能聽故事，體驗在地生活的常民文化，實是一舉兩得。

飯後本想另尋他處去看海聽浪，發現部落裡也有咖啡吧，就決定留下來續一杯。執壺的老帥哥很嚴謹的用塞風壺煮出一球美麗的冰淇淋咖啡渣，光看那熟練手法就知咖啡一定好喝。幾杯咖啡下肚，老帥哥索性解下了圍裙拿來吉他，大夥兒圍坐在野櫻桃樹下彈彈唱唱，忘情忘歸，多麼盡興！

但是，生意並不是都那麼好做，旅行也不是事事都能順風順水順心如意，有時吃個飯都得忍受大廚的臭脾氣。聽說有人遲到十分鐘就不給飯吃，或罰你坐在外頭吹冷風。訂個餐很多眉眉角角：「用餐時段不可打電話來，沒手接你電話」；「沒有回應就要找別家，我們滿座了」；「我們是小廟，不接十人以上的單」……。說的或許都是實情，但口氣實在有夠跩！

這些可能都是客人磨練出來的，老闆等啊等啊等無人，被放鴿子太多次，煮好的菜、備好的食材可能都要丟進垃圾桶，鐵了心，冷了血，忍不住要爆氣，也就定下了許許多多不成文的規矩。

生意真的沒那麼好做，所有的真心，希望您善待。所有的美好，希望您珍惜！

原載二〇二一年六月二十日《金門日報》副刊

太平洋日出

在東海岸，不要告訴我你要看海上落日。

東海岸沒有落日。向晚時分流連不歸的太陽公公早就被海岸山脈的崇山峻嶺給搶先接走了。

在民宿Check in時，大都會給你日出時間，不會告訴你日落時間。東海岸看不到日落。

但是太平洋的日出是很值得期待的。

花東海岸的民宿大抵都有其經營的獨特之處，有的餐好，有的宿好，有的景好，有的包天包地、包山包海，勝景全包了。有的是豪華宿泊，尊爵享受；有的只給你一張床和公共衛浴，再沒有其他設備了。但有無敵海景，千金換不換？

我的旅宿在花蓮豐濱，三十秒可以衝到海邊摸到海水。

日出時間清晨五點五十九，我把鬧鐘調在五點四十分。

一夜輾轉不眠，不時望向窗隙，等待東方破曉。但牽腸掛肚五點不到就披衣推門走向海邊了。

天上濃密的雲層，像夜晚翻滾的黑色海浪，沉重得彷彿要墜落下來，也彷彿有什麼巨獸就要橫空出世。

海沉沉睡著，還沒有醒來。微波細浪輕輕搖晃，好似一起一伏有節奏的呼吸。坐在岸邊礁岩上，我安靜的等待雲層散去，等待海上日出。雲的顏色漸漸淡了，還染上一抹淡紫輕紅。

水天一線處微露紅光，卻被幾片烏雲遮遮掩掩，像在玩著一場遊戲。初生的太陽時隱時現，未幾終於穿雲透霧而來，萬道金光遍灑在海面上，波光粼粼。浪花翻湧，激起飛濺的閃亮金箔萬萬千千，這片浩瀚海洋就像鍍了金，輝煌壯麗不可逼視。

欣賞日出，最美好的應該就是等待的那一刻吧，黎明之前大地將醒未醒之際，所有的張牙舞爪都尚未醒來，天地萬物宇宙紅塵如此靜美！

阿美族人說：太陽、星星、月亮是母。海洋、土地、山林是父。我喜歡這樣的說法。看了日出更有啟發。

偉哉太平洋！

美哉海上日出！

原載二〇二一年六月二十九日《金門日報》副刊

月光海洋

我坐在窗前，期待著一輪明月自海上升起。

但這只是想像。今夜初七，未到月圓，而且天色有點陰。

如果碧空如洗，太平洋的月色應是和日出一樣值得期待的。

或是寶藍的夜空，掛滿一閃一閃眨著眼睛的星星，也是十分浪漫的事。所以東岸常有最美星空的導覽。

東部海岸沒有光害，星與月都美麗。

一般而言，星月都與思念有關，思鄉，思親，思友，思戀人，千里懷人月在峰，所有的情意心事或有星月可以寄託。或可學李白邀月共飲，效東坡把酒問天問月，以月光下酒澆灌胸中的塊壘。然則情感的波濤其實也是很難細說分明的，怕也只是冰心在壺冷暖自知了。

除了詩文，我想和海洋月色特別契合的應該就是音樂吧？

原住民朋友天生好嗓，出了許多歌手。慶典聚會或平日生活裡也多歡唱。快樂時唱歌，悲傷時唱歌，要罵人時大概也要唱幾句來解氣吧？

東部海岸有許多音樂會都選擇在月圓的晚上舉辦。月光、海洋、音樂會，這是多麼浪漫的事！

也有祕境咖啡館，就在面海的山崖上，常客都知道月圓的晚上會有小樂團來玩音樂，唱給月亮聽，唱給大海聽。

把月亮寫進詩裡、文裡、歌裡，都不如把它揣在懷裡，浪漫在生活裡。原住民生活與自然萬物最是息息相關，日月山川都是日常，日出而作，日入而息，起居作息裡還有個「月亮時間」。

第一次看到「月亮時間」是舒米恩的演唱會，月亮時間 6:30～9:30。

第二次是鐵花村手作市集，下午 4:30～月亮 9:30。

這次花東之旅預訂餐廳，老闆娘在網頁註明：「下單後最遲在月亮時間十二時以前回答你。」

好吧，我也用月亮時間來等妳，用賞月的心情欣賞妳！

如果這些你都不要，心中自有風華，也可以把情感上升到雲端陽春白雪的高度，想著貝多芬，想著李白，有詩文有音樂有情懷，海霧蒼茫，皓月當空，山川壯麗，如此夜色庶幾可竟夜徜徉，舞影零亂！

月下輕狂，是另一種浪漫。那是你自己的月光海洋！

原載二〇二一年七月三日《金門日報》副刊

好美的苦楝樹

都歷遊客中心，是我特別想要介紹的景點。台十一線來回多次，以前從未想過要進去參觀，因為大多數的遊客中心都只提供幾頁旅遊簡介，內容貧乏，虛應故事。但都歷遊客中心卻很不一樣，它是東部海岸國家風景區管理處本部，來過之後就極想推介給大家。

都歷遊客中心背山面海腹地廣闊，硬體設施完備，一些小細節小器物都很有設計感，讓人愉悅。展區則有阿美區、海洋區、互動體驗區，也有各種生活工藝、藝術活動的展演。並設有解說牆和多媒體介紹，是我認為內容最豐富、資訊最活化的遊客中心，遊覽花東若能先到此腦補一下獲取必要的資訊，便能對當地的風土人情掌握個大概，將會玩得更有品質、更有收穫。

外庭一大片修葺整齊的草坪，連接著浩瀚海洋和遼夐天際，海天一線的景色讓人讚嘆。草坪上陳列著許多裝置藝術作品，有時則是藝術家的專題布展。這個美麗草坪也是每年舉辦《月光・海・音樂會》的場所。想像星月當空，大地靜美，唯有樂音和海潮聲盈耳，將是多麼詩情畫意。

陽春三月正是苦楝花開的季節，我一路從西海岸追花到東海岸。台東大學的校園植有多株苦楝，學子在樹下展卷笑語，紫花落了一地，襯托得校園格外美麗。然而最讓我想要擁抱的則是都歷遊客中心的這幾棵老樹，樹大蔭濃，開枝散葉大手大腳恣意的伸展出去，撐開了一把大傘，引來鳥雀啁啾。一樹繁花，羽葉翠微，招展漫舞，引得遊人春心蕩漾。

人們在樹下乘涼歇息，甚至可以躺下來做個春天的夢。一陣風來，小小的紫花飄飛，跌進陶然的夢境裡。

閩南人是不愛苦楝的，覺得日子會苦得沒完沒了，所以屋前屋後若有苦楝必除之而後快。客家人反之，喜歡在庭前種棵苦楝，取其刻苦耐勞興家的意思。阿美族人則更有生活智慧，苦楝花開春日將盡，趕快做好必要的農牧工作。秋末苦楝果變金黃就該用魚藤來捕魚了……

苦楝是台灣原生樹種，真心覺得她特別適合這一片山與海，適合生長在花東純潔美麗的土地上。

飽覽了台十一線的濱海風光，從長濱經玉長公路轉進台九山線時，夾道也是兩排苦楝樹搖曳生姿，紫花如霧，淡雅宜人的花香似有若無，在花東縱谷的晚風裡一路相隨，依依相送。

興盡，且歸去！

原載二〇二一年七月十六日《金門日報》副刊

輯三 故鄉他鄉

迢迢千里
永遠有人鞋底帶著家鄉的泥土負笈離去
永遠有人僕僕風塵奔波在回家的路上

故鄉柚城

我是麻豆人。

然而在情感上我一直認為麻豆是父親的故鄉，不是我的。父親自結婚後移居麻豆的鄰村隆田，放棄台糖的工作，耕種幾甲田地撫育我們七個子女。我的童年與隆田的土地密不可分，雞鴨豬牛，以及四時農作，是我的童年風景。

而麻豆，是父親的故鄉，每個月例行要回去的，騎著腳踏車載著我和弟弟，一路伊伊歪歪的回去。二伯父在頂街開一家理髮店，每次回去，二伯父非得把我們的頭髮修理得清清爽爽不可，因此我們的頂上三分毛在學校或是在隆田這個鄉下地方，總是最齊整的。據說二伯父的手藝高明，遠近無人能出其右，有許多數十年如一日的老主顧。

東角里的老宅和文旦園最令人懷念。老宅是三合院，卻不是鄉下常見的紅瓦厝，屋宇特別軒敞明亮，黑瓦粉牆，雕樑彩繪十分考究。祖母住上房，二伯父和五叔分別住南北廂房，其餘的伯叔都已離家出外各自打拚謀生。麻豆的一般住家都有很大的前庭後院，種文旦和各種果樹，一片綠意盎然，家園氣氛十分濃厚，而且讓人感覺很氣派，好像麻豆人都是世家，很有一些水準以上的文化，為人處世有分有寸，絕少小家子氣。

我回麻豆的家，最喜歡在文旦園裡穿來穿去，撿拾柚子花做花環，撿落果玩豆子槍，或提了水壺灌肚猴，玩得十分高興。印象最深的則是後院裡一棵好看卻不好吃的毛柿，一棵榕樹嫁接的土芭樂，以及井旁一大叢野薑花。

偌大的宅院，後來只住著老祖母一人，先是五叔為了上班方便遷居台南，我回去總看到祖母辛勤的澆水照管她的花，把紅色方磚鋪設的院埕也打掃得一塵不染。二伯父種了好幾棚葫蘆瓜，大大小小青綠色的葫蘆瓜遍生絨毛，嬌嫩得像初生的小嬰兒。籬笆上和曬衣桿上則掛了許多成熟的葫蘆，晾著待它們自然乾燥，雕刻完成上好漆的則送人或留著自己賞玩。「一醉解千愁」、「難得糊塗」、「吉祥如意」……這些葫蘆也彷彿寄託了二伯父的心情。

母親也是麻豆人，家就在林家古厝附近，也有很大的一片文旦園。外公後來出了家，成為護濟宮的廟祝。小時候，我也常在這一片文旦園和廟裡走動，眼睛看著，耳朵聽著，似懂非懂的窺知了許多世態冷暖人情恩怨。尤其在鄉鎮小廟那樣的地方，人們虔心禮佛，也不忘蜚長流短，消息陰陰晦晦浮上浮下，在暗裡飛快的傳遞，我因此知道許多麻豆人物或真或假的故事。

廟裡的一位執事，我猜想是林家的偏房，字寫得極好，也有一些漢學底子，人卻十分孤冷，在日常生活和人際行事上有相當程度的潔癖。我愛看他寫毛筆字，也會誇他字寫得好，因此有時他一高興就會拉著我到他家去。他家就在林家古厝廂房的一側，低矮的紅瓦房子，拾掇得纖塵不染。院落裡種著許多果樹，泥地上有竹掃帚掃過的痕跡，紋路整齊，好像葉子也不叫隨意掉落。廳門出來，有一棚軟枝楊桃，像藤蔓一樣攀爬在竹架上，遮掉了大半的陽光，果實很大，是當時少見的品種，然而這位孤絕的主人，寧可天天掃落果，也不願分享鄰居。

其實，到林老伯家是別有用心的，我真心想看的是林家古厝。古厝那時已沒有人居住，每一個房間都是關著的，不過前庭後院收拾得十分乾淨，我前前後後的穿行，走在迴廊、院落，心中想的不是林家的歷史掌故，而是章回小說裡的情節。寂寞的宅院，去的時候恰巧都是黃昏，斜陽暮景，格外令人感時興懷。許多年後，有一天在報紙上看到林家古厝將拆除的消息，心中強烈的想要再回去看它一眼，卻實在抽不出時間，只好作罷。眼前的一幅景象卻久久揮拂不去：彩繪雕樑轟然一聲崩塌下來，屋傾牆倒，揚起霧濛濛的一片塵土。舊時歲月，彷彿也轟然一聲崩落沉埋了。

童年時，白露剛過，文旦和白柚便堆滿牆角，可以由中秋直吃到過年。母親說麻豆人最傻，好的文旦都賣了，或送給親戚朋友，自己吃的都是醜不拉嘰的小文旦。其實說麻豆人傻倒也未必，應該是好面子吧，日常行事極重體面，力求維持著一種大家風範，有時候外表看來慷慨好客，骨子裡卻慳吝小氣，尤以對待自家人為甚。許多嫁入麻豆大戶人家的媳婦，常覺委屈，明明家大業大，一個錢卻像打了二十四個結，日常用度算得十分精細。

外公外婆相繼過世，文旦園由他們的一個義子繼承，我便再也沒有回去過。二伯父退休，也搬離麻豆客居高雄。未幾年，祖母辭了世，幾個伯叔兄弟估量著，無一人可能回到麻豆居住，只好把老宅賣了。偌大庭園成了櫛比販厝，一點可資尋訪的陳跡都沒有了，所有的童年物事，在歲月的洪流裡消失得無影無蹤，偶爾與人談起麻豆，心湖裡只剩下微微的輕波蕩漾。

原載一九九一年十二月六日《新生報》副刊

地底下有座城市

二〇二〇年春節過後不久，M突然決定要帶兩個幼小的孩子去投奔在魔都工作的丈夫。

彼時新冠疫情不僅未有消歇，反而益形嚴峻，病毒壯大擴散彷彿長了翅膀任意飛翔，全球各地如烽火燎原，災情頻傳。每天電視新聞連番播報各國搶口罩、搶醫療物資，還有某國政要或什麼名人染疫，情勢異常緊張。有些地方已封路、封城，飛機什麼時候停飛，國境什麼時候關閉，這些都是無法預料的事。

M做了決定，不管什麼情況她都要跟先生跟孩子全家在一起，立刻去改了機票劃了機位。

然後就是一場兵荒馬亂的準備。想方設法購備了一些口罩，買不到防護衣就雨衣代用。到機場的交通工具也是個問題，平常慣用的機場巴士覺得不夠安全，因為來來去去接送的都是國際線旅客。也不敢搭一般的計程車。這時我想到附近有一戶人家，門口總停著一輛小黃，應該是營業計程車，是鄰居，比較可以放心吧？

按過幾次門鈴，門都是關著的。有一次終於開了門，是個老太太，她說兒子晚歸還在睡覺。我留了電話。司機終於來電同意機場接送。

出發當日，到了約定的時間我打開門，小黃已停在門口，司機候立一旁。看到他不知怎的我竟倒抽了一口冷氣。一個瘦小蒼白的男人，穿著一件月白色有點杏粉的緹花中式衫，像浮花窗簾布的那種料子，袖口和衣領都嚴實的扣好了，端端整整，感覺很盛裝隆重的樣子。

我不敢有什麼表情，客氣的打了招呼，然後拿了酒精噴瓶，把車子裡裡外外噴了一遍，再讓M母女三人坐上車，我也隨車護送。一路沒什麼交談，大家都懷著心事，氣氛有點凝重，小臉司機從後視鏡小心翼翼的觀察著我們。

在步入出境關卡前，我幫小朋友調整好口罩，穿上雨衣，戴上帽子和護目鏡，大人、小孩都包上了尿布，交代她們上機前先把飯糰和水果吃了，喝點水，在機上就不食不飲也不上廁所，並且絕不能把口罩拿下。非常擔心兩個小小孩是否能熬得住這趟辛苦的旅程，擔心所有訊息都不明朗的狀態下能否一路順利平安！

目送她們出了境，我紅著眼轉身離開，搭了原車返回。

回程和小臉司機有一搭沒一搭的聊著。原來他很少在白天開車，只跑晚上的班，白天就睡覺，完全的夜行動物，已幾乎隔絕了有陽光的世界。十足的宅男吧？應該沒見什麼世面但又很能聊，一直尋找話題企圖窺探我。和我談疫情、武漢、WHO、川普、習大大等等，還談性平教育，好像什麼都懂。

「妳有臉書嗎？有沒有賴群組？」

我說沒有，很落伍，跟不上時代。心中突然有了某種戒心。

後來我就沒有再見過他了。同一條街，相隔十幾戶，只看到他的小黃每天停在家門口。蒼白的、地鼠一樣的司機，晝伏夜出，我覺得他跟我生活在不一樣的世界、不一樣的時空，參商不相見。

這個城市很大，我認識它很久了，但是熟知的範圍很小，非常小。

以前讀台南女中的時候，是從外縣市搭火車通學的。每天就是火車站、博愛路、衛民街、東菜市場，再轉進府前路、建業街，然後到達學校。放學反向。一年四季重複著這樣的路線。唯一的變化是有時特地繞經延平郡王祠後方的大埔街，因為覺得大埔街帶有某種神祕的訊息或暗示。古地圖上就有的，沒有改變，這是地理老師說的。

地理老師在黑板上畫出昔日府城的水系，兩條主要河流像動脈、靜脈，血液轟轟流經城區，自東向西奔流而去，匯流入海。據說有一條經過我們現今的校門前，再轉個彎流向南門。

德慶溪、福安坑溪、文元溪，我認識這些名字的時候，它們已自地面消失，隱入地底下去了。

多年以後我回到這城市居住，想起這些曾經存在過的河流，心裡竟有說不出的悲傷。老歲人說，這些河流在城市裡蜿蜒，有魚有蝦，有生命，有活力，非常美麗。我悲傷，因為來不及相遇。

這個城市整個自東向西傾斜，正是河流奔流入海的方向。有河流過，土地便記錄了水流沖刷的痕跡，所以地勢是高低起伏的。我初開手排車，從民生綠園順著開山路開，常常等個紅燈就倒退嚕熄火，也怕前鋒路的高低落差。走路的時候更常常在騎樓的台階踩空跌倒。

安步當車走在車水馬龍的大馬路或街衢小巷，都會有一種奇怪的感應，恍惚覺得腳底下就是奔騰的河流，像血管，流著生命的血奔過這城市。

河流不會死，我認為，這些隱入地下的河流說不定以另一種形式存在著，發展出另一個地底城市，就像土耳其的卡帕多奇亞，為了躲避宗教迫害而鑿出地下八層幽深遼廓四通八達的地下城市，可以不見天日避居一整年。或也像西雅圖轉過街角下個樓梯就是另一個視界？

見過地鼠司機之後，很糟糕的是我的腦袋好像產生了某種變化，常常沒來由的想到這個城市的地面、地下應該有不同的面貌，白天的、黑夜的，不一樣的城市，平行的兩個世界。地面城市熄燈就寢了，地底城市的熱烈勃發正要開始？

那麼，通往這座奇詭城市的出入口會在哪裡呢？會不會是赤崁樓那口古井？或是城隍廟「爾來了」牌匾後面一個隱藏的開關？或者是我讀台南女中時古牆上那棵老榕樹的樹洞？常常來探訪我的一對小白鴿說不定就是信使。

前不久，我經過小東路的某個巷口，彎進直往下行的斜坡，一邊是灰黑的水泥牆，一邊是廢棄的幾間商鋪，橫七豎八的廢材、磚石，停了幾部老舊的小貨車。殘敗櫃子上蹲了一隻貓，木板漆寫著「浪貓投食站」。

然後，眼前出現一座像城門的建物，黯沉苔綠堆陳著歲月的痕跡。老樹槎枒，地面的落葉約有半尺高，踏上去撲撲朔朔颯颯作響。

我從拱形門洞走了進去，是一座幽深的庭園，空氣裡流漾著腐熟甜腥的氣息。一陣風來，有什麼跌落重重打在頭上，低頭去尋才發現滿地爛黃的楊桃落果。臥在牆角的一隻老狗看到人來，站起身賊賊的躡足走了。除了楊桃爛熟的氣味，還有一種不知名的，或是花，或是新鮮樹葉的香氣。

其實是個公園，但不見任何一個人。或許有龍貓。那石砌的台階很像深夜銀河列車會停靠的站台。

地鼠司機應該會在這兒出現吧，我想。

我是說夜晚。十二時的鐘響過後。

原載二〇二二年一月十日《中華日報》副刊

安平・平安

1.

Mo小姐妹回台。

下了飛機搭了三個多小時的防疫計程車到安平。一大二小窩在一個小房間，幸好還有一扇窗，正對著安平漁港和遊艇碼頭。

每天，小姐妹花很多時間眺望那一片海，不太清朗的港灣內海浮映著粼粼波光。數一數泊港的船隻，很遠，很多，數也數不清。

Mo說，黃昏的時候最美，像蛋黃的太陽懸在天邊，一點一點緩慢的移動，下沉。霞光把天色和海水都染紅了。

夜晚黝暗的運河有時會有遊艇緩緩駛過，船燈閃閃亮亮，隔著玻璃窗彷彿還能聽見笑聲和歌聲。

解隔離的那天，她們一躍出房門向著我飛奔而來，指明要去看海。而且要等落日。走了一小段路，港濱歷史公園就在眼前，新完工啟用的兒童遊戲場立刻吸引了她們。秋千、滑梯、吊索、飛輪、彈跳床、探險山洞……各種遊具新穎有趣，許多阿公阿嬤和年輕的爸媽帶了孩子來玩，一放風就可玩個大半天，樂此不疲，像一群出籠的小麻雀。

秋日風涼，沿著水岸漫步，可以走到林默娘公園，再轉進億載金城。也可北行經漁人碼頭，過安億橋到對岸的漁港去。從夕陽在天走到星燈點點，晚霞投映的水面流金瀉銀，慢慢的跌入深沉的夜色裡。

2.

想看夕陽，就會想起「觀夕平台」。想到這個名字，就感覺有一輪紅紅的落日在等著你。有時我也想成「觀汐」，因為也是看潮浪最好的水域。

平整的沙灘，灣岸弧度十分優美。水岸邊的木麻黃防風林迤邐到天邊，在海風裡招搖。許多人喜歡這一片彷如遺世的靜謐，喜歡到這裡玩沙、踏浪、數流星。月圓漲潮，來此觀浪，看翻湧的浪花拍岸。平沙十里，歡樂的孩童奔跑著，踏出深深淺淺的足印，潮起潮落，帶走了足印，留下晶瑩貝殼，有時還有奔逃的小蟹。

由觀夕平台沿著海岸續行，走到盡頭，前方已無路，斷開了漁光島。

許多年前我初到府城讀初中，首日報到完便來到安平，去了安平古堡，也到小漁港轉了一圈。後來因班上同學住安平，便又來過幾回。那時候到安平，除了搭公共汽車外還有一個選擇，就是搭渡輪，渡船碼頭就在今日的「河樂廣場」附近，運河航道旁是一望無際的魚塭，常有白鷺翩飛其上。到億載金城則要搭竹筏渡運河，再走過縱橫交錯的魚塭土堤，撥開密生的五節芒，才能抬頭仰望沈葆楨的題匾。同學家住安平郵局旁邊的巷子，母親在聯勤被服廠工作，我們藉故找人進去參觀過，如今被服廠已退役開發成水景公園。

定居府城之後，來去安平成為尋常事，有時為一盤蚵仔煎，有時為探看熱蘭遮城那兩棵像門神一樣的緬梔樹，有時為了去買崇義眷村的燒餅。更多時候開了車穿過窄隘巷弄和曲折小徑，去尋那一片防風林。經過眷村，經過埤塘，經過水產學校，經過秋茂園，經過漁光國小，一直開到盡頭再轉回來。感覺路好遠，蕭蕭木麻黃，彷彿是夢的邊緣。

3.

漁光島原本是陸連島，通往安平老城區的道路因安平漁港擴建而被斷開之後，只能由健康路底的漁光大橋進入。

站在秋茂園遺跡的鐘樓前，眺望觀夕平台、北堤燈塔和泊港的漁船，眼前海域浩渺，港口開闊，的確方便漁船的進出。但在波光船影間，我已找不回昔年由老城區穿過巷弄和迂迴小徑的來時路。

漁光島另一端通往四鯤鯓的道路也被安平商港斷開了，漁光島成了一個真正的海島，小小聚落現在多了一些小店和休閒設施。前不久市府把養地多時的海埔新生地也納入市政計畫，翻開建設藍圖，規畫了灘岸商旅、遊艇、客運碼頭，擬招商主題樂園、觀光飯店、百貨商場，準備開發成一個多功能的水上遊憩園區。

安平，這個揭開台灣史第一頁的重要港埠，在荷據明鄭時期曾有過鼎盛的輝煌歲月，那時台江深闊，是西方船商入台的門戶，商旅往來，舟楫繁忙。十七世紀，安平航道逐漸淤塞，船隻改由鹿耳門進出，安平的港埠地位旁落，漸歸沉寂。一直到十八世紀道光三年一場大風雨，鹿耳門因海沙驟長而成陸地，外海航道才又移回安平北岸，連接運河，直通府城各港道。

由於安平是台灣開發最早的港埠，到處都有歷史留下的遺跡，更有重量級的國家一級古蹟，必須善加護持。不同於其他城市的是府城有著自己獨特的文化氣質，而且承擔著歷史的重任。

不可諱言府城的步調一向是緩慢的，不論是生活，或是城市建設，幾十年來少有變化。但是最近十年的改變卻是十分巨大的，開闢了百餘條道路，城廓有著很大的變革，尤其是安平。攤開安平建設藍圖，可以看見把安平舊聚落的歷史遺跡納入統籌規畫，結合了漁港擴建、親水公園、自然景觀以及藝文創意元素，投入幾百億元經費大刀闊斧的整建。到目前為止計畫已完成大半，安平景區風貌有了很大的改變，幾年沒到安平，你幾乎要迷路也要迷眼了。

持平的說，這計畫是成功的，安平變得更美，人文、環境、建設都堪稱完善，宜人宜居也宜旅遊，是個美麗、寧謐也極有氣質的歷史場域。

但是在網路多爬梳幾次，就跳出大量的房地產廣告和民間投資計畫，原來各財團都已各就各位，摩拳擦掌競逐爭鋒，真不知交相利到最後，安平會變成什麼樣子？

4.

延續了三年的新冠疫情，今年（二〇二二）夏天稍有緩和，茫茫夜路總算看見了微明曙光。

熔斷許久的航線稍稍恢復，各種管制也漸次鬆綁，因疫情與家人睽隔多年的遊子紛紛收拾行囊奔赴機場，但也經歷了許許多多前所未有的折騰。有人臨上機前確診，有人PCR差了一分鐘被拒登機，有人第一程才飛一半，第二程飛機就飛走了。更多人航班被取消直到報到櫃台才被告知。太多的未明所以，太多的茫惑不安。

幸好路有盡頭，總算快要天明，快要雨過天青了。

短短幾個星期，我帶著Mo小姐妹看海、看落日，穿梭在安平巷弄。在秋日的熱蘭遮城拾起緬梔花插在襟前，把歷史的潮汐波濤起伏簡單說明，點點滴滴，相信會深印在她們腦海裡。

故鄉，他鄉。

迢迢千里。

永遠有人鞋底帶著家鄉的泥土負笈離去。

永遠有人僕僕風塵奔波在回家的路上。

安平。平安。

原載二〇二二年十一月二十八日《中華日報》副刊

最南

取道台十七線奔向墾丁。

一路向南。

出發時，高雄的天色灰灰的，但過了東港，天色就越來越晴亮了。等到車馳屏鵝公路，看到海面波光瀲灩，陽光如金鱗閃耀，點點星芒照眯了眼，就知道墾丁快到了。

沿著最美海岸，時而碧海翻浪，時而藍天白雲直逼到眼前。一路看山看海到了恆春，車子彎進巷道，想要尋找一間奇特的咖啡屋，彎來繞去不見人蹤，幾處破敗屋舍荒土廢材。鳥不生蛋，沒有鳥。

遠處立著一棵鳳凰木，長得很不一樣，枝葉秀異，疏朗有致，襯著晴藍天色，美得夢幻。幾朵白雲飛過來，恰似掛在樹梢頭，忽左忽右隨風款擺，和羽羽如飛的葉子捉起迷藏來。

樹下斷垣殘壁的破屋，傾頹的斷牆，蛀蝕開裂的門板，破舊的木桌，疊成一堆的石頭，屋頂連片瓦也沒有，但整修成玻璃屋，那樣的視覺震撼，衝突碰撞竟是一種不諧和奇特詭異的美，超乎你我想像的異想天開。

廢墟美學！

真美！忍不住心中讚嘆。

這屋子，夏天鳳凰花開時，豔豔如流火燃燒到天邊，真不知要美成什麼樣子了。

坐了一下午，咖啡好不好喝我真的不知道，腦海裡只留下頹牆的斑駁、老皮椅的古拙、屋頂瀉下的天光，以及窗縫溜進來的風的低語。

❦

穿過林投雜木林，踏著紅磚道走到盡頭就是台灣尾，最南端。

站在這個魚尾巴上，可以左擁太平洋右抱台灣海峽，向前伸出雙手就是巴士海峽。

離海這麼近！

海水正藍。

漸層的藍，純淨。由淺入深，潛入幽深的夢境。

碧空如洗，正是看海的好天氣。

海蝕岩洞有如開了一扇窗，讓你透過窗口去看海，看海的顏色，看海的多情繾綣，看海的萬馬奔騰波濤洶湧。

潮起潮落，浪花湧上沙灘又急速退下，是挑逗，是遊戲，是萬年千年不老的浪漫傳說。

「我是沙灘，你願是那潮水嗎？」

沿著海岸前行，浩瀚大洋深情款款一路相隨，轉眼浪推潮湧捲向天邊。

神祕、幽邈、瞬息多變，若即若離，卻又時刻牽動著你的心。

每次到墾丁，總要開車把墾丁半島繞行一圈，把青山綠水靛藍海洋細細品賞，再連著海風連著雲朵一起打包回家。

回程，走一段沿海的鄉道，經過有著海洋鹹味的地名，山海、萬里桐、蟳廣嘴、紅柴坑……再沿著台十七線，一路向北，歸去！

參觀恆春民謠館時，正好展出阮義忠拍攝的陳達影像。

陳達，這位代表恆春民謠的傳奇人物，對於屏東地方文化的影響是十分深遠的。民謠館內幾位鄉民正彈著月琴學唱恆春調，準備過幾天民謠季的演出。

年少去恆春走親戚，見過在南門城下吟唱恆春民謠的陳達，彼時民間曲樂並不被重視，在恆春地區會公開吟唱，讓觀眾隨喜打賞的好像也只有陳達一位，隱約想起童稚時期農村廟口演出的「走街仔仙」，那是昔年農村難得的休閒娛樂。

六〇年代的農村經濟是很慘澹的，老百姓都窮，家無三兩銀，謀生不易，陳達以走唱為生就更困窘了，家徒四壁，人世艱難。

幸好一九六七年，音樂學者史惟亮、許常惠開始做民間歌謠的採集，遇到陳達，發現他雖不識字、不認樂譜，但熟練各種曲牌，能夠不拘形式的套用，即景即興創作，可以說故事，可以抒情，可以講道理勸世，夾敘夾議，詞意豐厚典雅，哀懇感人。彈著月琴，聲調蒼涼悲鬱，聞者無不動容。

許常惠推崇陳達是真正的吟遊詩人，將他推上舞台站到觀眾面前，也灌錄了唱片，讓他享有短暫餘生的聲譽和風光。

但是陳達之後，恆春民謠的推廣還是遭遇了困境，能唱的只剩幾位國寶級長者，年輕人不肯學，認為那是「乞食調」不登大雅之堂。一有演出，樂曲唱不了幾句，觀眾已走了大半。

與在民謠館練唱的學員交流了一些看法，他們說這幾年恆春民謠的推廣教育有一些改變，除了傳統吟唱，也加入舞蹈和戲劇，希望能夠吸引更多觀眾的認同，期待後繼有人。

回來後我找出陳達《阿遠阿發的悲慘故事》的音檔，在深夜裡靜心聆聽，這是敘述父子情深、貧病交迫，受困異鄉的悲苦境遇。

哀傷的曲調如泣如訴，在靜夜裡迴盪，聽著聽著，不禁為辛苦年代人們的生活感到不捨，以及說不出的沉鬱憂傷。

原載二〇二三年四月五日《中華日報》副刊

最美二萬平落日

近黃昏。

我們在二萬平車站的月台擺上茶席，大家或倚欄或席地，觀賞眼前大自然的壯麗演出。

昨日全台有雨，氣溫陡降，我們追著雨的腳步上山來。今日卻是晴空麗日天色清朗，除了可以看日出日落，也可觀雲海翻湧。

一九一二年日本人建造的阿里山鐵道，始由竹崎到二萬平，主要的功能是運輸砍伐的紅檜。二萬平更是重要的木材集散地，設有三角線鐵軌以供火車頭調度迴轉。

二萬平車站已逾百年歲月，在林業與鐵道史上都極具保存價值，可惜地處斷層帶，屢受強颱和地震重創，走山滑坡，土石橫流，鐵軌和月台都被沖失，陡峭斷崖讓人觸目驚心。阿里山鐵道更是柔腸寸斷修復不易。

然而，畢竟森林鐵道列車是阿里山觀光最重要的瑰寶，目前正在努力搶修復建中，力拚二〇二三年底可以全線通車，據聞「未來票」早已銷售一空。

站在重新修建的二萬平車站月台西望，正是觀賞塔山夕照的最佳地點。

雲海一景，落日一景，雲海再加夕照則是絕景。深谷生煙，風動雲起，萬頃雲海浪推潮湧，一波捲過一波。若再加上落日餘暉晚霞映射，琉璃光轉如奇幻世界，絕景無雙。

眼前紅日已西斜，天幕和遠山近樹都沐在霞光中。

朋友玩起了樂器，薩克斯風婉柔的樂音在夜風裡迴盪。一旁倚欄賞景的幾位遊客來自彰化，是鄰居好友相約出遊。他們聞樂先是驚喜、聆賞，然後歡樂的手拉手跳上了月台，翩翩起舞。即興、開懷，樂與舞竟是如此天作之合，不必邀約，不必拘泥，可以如此的相融相契，酣暢淋漓。

雲海、落日、樂音、舞影，美好氛圍令人迷醉。

日西沉，月東升。

白日依山盡。

幾點星光在寶藍夜空探出了頭。

大自然的戲碼，繼續！

原載二〇二二年六月二十八日《中華日報》副刊

龍崗情緣

從一個餐會出來，驟降的氣溫讓我拉緊了衣領縮了脖子。寒夜風冷，但心頭卻是滾燙溫暖的。

這是個很特別的餐會，漁村小學百年校慶，席開六十六桌，幾乎整個社區的人都來了，扶老攜幼像參加嘉年華會。畢業多年的校友相約包桌歡聚，一見面又摟又抱驚呼連連，昔日拖著鼻涕的小搗蛋都已是帥哥美女，或娶或嫁，有的則已是拄杖的阿公阿婆。

這情景很令人感動。我想是這個小學校走過百年從未有過的盛況吧？最特別的一桌是中年初渡的大叔大嬸，他們是當年成大、一中、女中的童軍團，也是間接促成這次世代大團圓的推手。

這一桌好歡樂！

那年，在成大建築系熬夜燒腦趕設計圖的C君，竟然還有餘力熱情澎湃的號召南一中、南女中的童軍團，每個週末相約騎了腳踏車遠征市郊的小學，去支援幼童軍團集會，而且包辦畢業大露營。

在羅浮元老C君的帶領下，他們挖空心思設計課程，繩結、旗語、急救、野外求生，甚至星夜追蹤……，就像個魔宮寶盒藏著許多祕密和驚喜，深深吸引著孩子們。

畢業露營更掀起一年一度的最高潮，建築系羅浮一出手果然不同凡響，鋼索拉上三層樓高，一隻火鳥翔空而降點燃營火，引得全場驚聲尖叫。營火興旺，照亮了每個青春璀璨或童稚純真的歡顏。

青春和熱血都是可以揮灑的，這些年輕的大孩子把熱情投注在漁村小童身上，整整五年，老狼帶領著小狼小青蛙們，奔跑翻滾在校園青青草坪和遼闊的鯤鯓海岸沙灘上。

有個大男孩，蹺掉了高三的模擬考，慣性的跨上單車趕赴小狼的約會，沒想到物理老師在身後悄悄跟隨，當場被逮個正著。也有人蹺掉補考被當，硬是留級一年。

青春無悔，經歷了這些，生命就不可能是蒼白的。

❦

鯤鯓，或許你很陌生。

台灣西部海岸，從安平古聚落一鯤鯓到茄萣白沙崙七鯤鯓，一路羅列的七個沙洲，像大海翁的背脊在浪潮裡忽隱忽現。潮汐翻湧海洋變遷地名更迭，到今日唯有四鯤鯓保留了「鯤鯓」這個地名，亦即今日府城南區的鯤鯓社區。

四鯤鯓開發的時間很早，明末鄭氏時期，更有大批漁民逐魚汛耕海移居，漸漸形成聚落，這也是府城極難得的典型小漁村。現今的鯤鯓里幾百戶人家，不足二千的人口，信仰中心是供奉清水祖師爺的龍山寺。

學區龍崗國小迷你而美麗，創校歷史悠久，卻是市區裡的偏鄉學校，與幾條馬路之隔的市區小學有著明顯的城鄉差距。學區的社經文化不可諱言是比較貧窮低下的，頗多新住民和隔代教養的家庭。

學校就在海邊，走幾步路就可以到沙灘玩沙戲水，這在大都會台南是多麼稀奇的事。有位女老師說，她最害怕下課時間，害怕有人突然來報：

「報告老師，王小明掉到海裡去了！」

離海這麼近！

孩子這麼野！

幸好這樣的憾事從未發生。

有時，我們渾然未覺光陰在暗裡偷換，不知不覺無意中撒下的麥籽竟悄悄發了芽。

三十年過去。

羅浮C成了開業建築師，並且拿到龍崗國小校舍重建的標案，他心中一陣狂喜，基於某種特殊的情感，他加倍用心規畫。為了這個濱海學校，他先去叩拜了清水祖師爺，幾度走訪社區踏勘地理環境，用盡巧思汲取大量的海洋意象。藍白色調的校舍遠看真如艦艇泊岸，圓窗舷梯、迴廊護欄，曲折有致的廊簷如白浪翻湧，走過通廊則有如在巨鯨的肚腹裡遊走。開放型的多用途空間，更讓每一個角落都有著獨特的美麗和意涵。

這樣的建築深深撞擊了我，六千萬元未必能買下一座豪宅，卻能蓋出如此功能齊全、格局十分大器的校舍。羅浮C笑呵呵的說，他抓住機會把這個學校再惡搞了一次，這次更徹底，把校舍整個拆了，天翻地覆打掉重練，為當年的青春幻影留下一個美好的印記。

孩子們深愛這個美麗的學校，網紅來打卡，家長與有榮焉，地方人士也覺得臉上有光。每個人的情感彷彿有了出口，找到可以寄託的地方。

這種愛校愛鄉的情懷我在餐會上深有體會。恰似嘉年華會的歡樂氣氛，老校友跳上台宣布送給與會七百名鄉親每人一個額溫槍，要大家在嚴峻的疫癘下保護好自己。某前任會長慨允每年提供二十五萬元做為獎學之用……。

花若盛開，蜂蝶自來。

隱約的蝴蝶效應正像漣漪一般，餘波蕩漾徐徐擴散。

夜風裡，感恩如此美好善緣，不禁眼睫欲濕，紅了眼。

原載二〇二二年四月十日《中華日報》副刊

遺憾不再

我說過我不喜歡照相，從小就如此。

小時候父親常常騎著老鐵馬載我回麻豆老家，那時約莫三、四歲吧。有一次經過麻豆街上的照相館，拉著我進去說要拍照，不知怎的我竟大哭了起來，弄得父親莫名其妙，照片也就沒拍成了。

那時要拍張照片可不容易，我又這麼彆扭，能留下的相片就更少了。記憶中小學階段除了畢業照，大概只有兩三張生活照。比較特殊的是我和班上另兩位女同學一舉考上了台南女中初中部，在當時的鄉下學校是破天荒的事，校長特地要我們三人到照相館去拍一張合照，說要貼在校史簿上。

上了初中，我是鄉下醜小鴨進城，每天通車上學。班上四十幾個女生，大概只有四分之一來自府城外的鄉下，其他都是本地城裡人，而且本省、外省大約也是這樣的比例。在這樣的環境氛圍，鄉下小女孩心中的忐忑是可想而知的。

幸好南女校園廣闊，總有我容身的地方。初中最後一年，我的教室就在圖書館旁邊，除了上課，我大都泡在圖書館裡。

最感念的是教國文的吳紹志老師，他幾乎是縱容我的。我拿著他的借書證，一次大概可借十本書，所以我的書包裡通常都鼓鼓的裝了一大包課外書。有時也躲在不對外開放的藏書間，應該是藉口找資料或吳老師特准的什麼名堂吧，就坐在地板上啃一些書頁泛黃的珍本書。這個角落沿牆開著對外的氣窗，正好是我坐在地板趴望的高度。

我常常就這樣有時看書有時抬眼望著窗外發呆。窗外攀牆兩棵交纏的榕樹，綠葉風動，垂鬚招搖，看去有幾分蒼涼。那是在圖書館和一排教室的後方，一段古城牆殘蹟的角落，平常人跡鮮至。

懷著想要探索的好奇心，有一天我斗膽跨過一堆亂石，穿過枝椏零亂帶刺的南美紫茉莉花叢，來到榕樹下，坐在落葉鋪地的矮丘上，陣陣清風襲來，心中的舒爽暢快真是無以形容。從此以後，這兒就成了我的祕密基地，我稱「榕園」。午休我拿著便當來這兒吃飯，自習課來這兒溫書。有時什麼也不做，就是發呆，甚至強說愁的掉淚。

有一對鴿子，只要我出現一定飛來身邊，飛上飛下，跳躍呢喃。這真是我最快樂的一段校園生活。

臨畢業前，常有同學帶相機來學校拍照留念。那時理化實驗室有位先生會幫同學洗相片，也會幫人拍照。我和最好的朋友C也請他拍了兩捲三十六張的底片，取景校園各個美麗景點。照片洗出來，真的非常非常的令人驚豔，校園美麗，麗人清純，那時十五六歲吧，人生中最美好的季節。

我的朋友C比我早熟許多，出落得亭亭玉立，早已是君子好逑。但是拍出來的照片各擅勝場，她明豔，我可愛。她把照片寄給馬來西亞的筆友，要他猜猜，哪個是她？結果筆友猜錯了，害得她幾個星期不跟我說話，異國情緣也斷了線。少女情懷真是深不可測啊。

我非常寶愛這些相片，深感記錄了最珍貴的一段人生，小心翼翼的將之黏貼在相簿上，不時拿出來賞玩，回味黛綠年華的點點滴滴。縱使以後拍下了更多的照片，都覺沒有這批留影讓人珍惜。

之後，隨著人生的轉折，就業、婚嫁，居所遷移，有些物件隨著東遷西移，有些一時帶不走的就暫時留在娘家。

然則世事果真沒有恆常，沒有定理，沒有永遠不變這回事。

有一日我回娘家，看到父親在禾埕上焚燒一些零零碎碎的東西。那時父親剛把老家賣掉，準備舉家北遷，正在整理傢私器物。初始我也不怎麼在意，很多雜七雜八的物件不整理也不行，燒就燒吧。

隔了些時再抬眼看向那堆熊熊火光，猛然發現我的幾本相簿正被烈火吞噬，我驚嚇得呆若木雞，一時不知如何反應，緊接著悲從中來眼淚撲簌簌的落下，覺得萬念俱灰，很絕望的在心中吶喊著：「燒就燒吧！燒就燒吧！」

我默無一語的離開了舊家，一路流著淚，心中真真實實的感覺到被掏空了一切。我的童年、我的少女時期憑空消失了，變成沒有回憶的人，或者說即使有一丁點回憶，卻也變得無憑無據、不清不楚、沒有畫面。

這讓我以後再也不珍視照片，不喜歡照相，覺得再怎麼拍都沒有昔日精彩，不值得留存。拍的相片也常常隨手一丟或堆在抽屜裡，不想去整理，日久就散失了，也不覺得可惜。

相互糾結之下，連帶的對於初中生活也不太想去回憶，覺得極不真實，像虛幻的夢境一般。只有偶爾經過樹林街時，眺望那段古城牆殘蹟，看見那兩棵攀緣著城牆的榕樹，蒼蒼鬱鬱，半個世紀過去都還在，心中難免既歡喜又淒淒，深深感謝曾經在三級古蹟城垣的護佑下度過美好的一年光陰。

有一年校慶敵不過心中懸念，撥出短短一小時匆匆做了校園巡禮。其實目的只有一個，我直奔那兩棵老榕樹，看到老榕遒健依舊，盤根錯節，風采更勝當年，心底深處有融冰裂解，也有禾苗新抽。所有的不圓滿，所有的缺憾，彷彿在頃刻間得到了彌補撫慰。

回首來時路，人世滄海，雲淡風清，果然也無風雨也無晴，年輕時的執著一念，真是自縛。

原載二〇一八年一月十日《中華日報》副刊

尋味市場

1.

最近在朋友圈中談得最多的是府城的一些古早味，或許是受到電影《孤味》的影響吧，許多魂牽夢縈的古老滋味一一浮上了檯面，還因此引出許多辯論。例如肉臊飯、魯肉飯，據說只有真正老府城人才說得出道理來。肉臊飯絕不等同於魯肉飯。

我的朋友，的確有世居府城好幾代的，而且是在城中蛋黃區，五條港周邊，經歷了府城的流金歲月，尤其是飲食文化、花街逸聞，隨口笑談幾句都是輝煌。他們自小養成吃宵夜的習慣，夜到中宵，必定要去尋飲食攤，不吃點夜宵晚上是睡不著的。

我的老家既不在城中，也不在城郊，而是世居幾十里外的農村。

鄉野地方談不上什麼飲食文化，每日但求吃個粗飽，所以面對這個大哉問的大題目我是絲毫不敢出聲的，也真的分辨不出什麼魯肉飯、肉臊飯，什麼甜味、甘味。

但是在日常生活中我可以分別出一些最基本的不同：

城裡人吃虱目魚、土魠魚，鄉下人吃狗母魚、鰮仔魚。

城裡人吃肉臊飯配魯蛋，鄉下人吃豆菜麵。

城裡人吃土魠魚焿，鄉野人吃狗母魚酥……

當然，這絕對是以偏概全，城裡人也有赤腳窮光蛋，連豆菜麵都吃不起。鄉野荒村也有穿金戴銀豪奢之人，天天鮑參、烏骨雞。但雖是以偏概全，卻也可舉一反三。去市場走一圈便可窺民生大概。

2.

和朋友上網聊天，話題跳出「狗母魚酥」，心頭突然一震，這太熟悉了，是我童年的「孤味」，於是相約去尋找舊時記憶。

小時候我是不太吃魚的，除了怕魚刺，也怕腥。

那時最常見的是「花蓮魚」，也就是鯖魚，是南方澳本產的台灣鯖。這種魚最不容易保鮮，買回來的魚若不即時處理，稍不小心就散發一股腥臭味。

另一種就是狗母魚，很難聽的名字，一聽到名字我就不想吃，雖然後來也知道牠的另一名字是棍子魚，但對牠嫌惡如故。這種魚也的確招人嫌棄，最便宜，幾乎是豬飼料，刺特別多，又有一股難言的腥味，小孩幾乎都不吃的。

但越臭的東西有時候經過好手調理，就會變得更香、更誘人，例如臭豆腐、皮蛋、臭臭鍋。

我外婆會把狗母魚先煮熟，再放油慢慢熇成魚脯。這是很費工的，必須細火慢慢的焙，不停翻炒壓碎磨細，再淋上醬油、撒上五香粉，更大的重頭戲則是挑魚刺。

外婆的眼力不好，挑魚刺的工作一定是落在我們小孩子身上，常常端著大鋁盆勾著頭很仔細的把小魚刺一一挑出，翻找了一回又一回，才能毋枉毋縱、不疏不漏，確保小孩兒不會卡到魚刺。

吃飯時，若能撒上一匙噴香的狗母魚脯，那真叫人間美味，會連扒好幾碗飯。

後來也吃過狗母魚裹粉炸過的魚酥，煮湯做羹或乾吃都非常美味，一點都沒有狗母魚特有的腥臭。

這些就成了我的童年「孤味」。

當了母親之後，我也會上市場挑選最新鮮的狗母魚，蒸好、焙好，淋醬油，撒白胡椒粉，細心的挑出魚刺，給小小孩兒拌飯吃。

3.

我們要尋找的古早味在六甲傳統市場。

菜市場向來是庶民美食藏身的地方。

六甲區這個地方，是昔日台南縣六甲鄉，位處嘉南平原，半是山區半平地。靠山吃山靠海吃海，因此六甲市場就格外重要，種山的人有山產，平地有平地的作物，甚至海口地方也會迢迢把魚貨運到六甲來，鄰近村民匯聚買賣，形成一個十分興旺的交易市集，日久也就生發出許多物美價廉的庶民美食。

六甲，最有名的市場美食就是豆菜麵、狗母魚穌和肚伯仔。

今日尋味：狗母魚酥、排骨酥麵、豆菜麵、黑糖古早冰，再以一杯咖啡收尾。

4.

若到我的故里麻豆，要尋的則是麻豆菜市場的碗粿。

把車停老遠一路尋來，印象中位在市場轉角的一個攤位，從我小學時它就在那兒，長大之後跟人說起碗粿就會想起這一攤，記憶裡無可取代的童年滋味。

年幼時這家的碗粿就特別引人垂涎，和家中過節時炊的上鋪花生粉的軟Q白碗粿截然不同，有著紅蔥頭醬色，而且放了香菇、瘦肉和半個鹹蛋黃，油香四溢分外誘人。憑著記憶果然很容易的找到了老店，一碗碗粿配一碗肉羹，雖然覺得配料味道和以前已有差別，然而味蕾的尋味重溫便是一種滿足，把記憶裡的滋味再次更新，妥妥的收藏起來。

對於食物的思念有時並非全然來自於味覺，口慾之外的另一種情味只有思鄉的人才知道吧？也難怪鄰桌一位中年大叔吃完起身，再包了二十個帶回台北。

吃完碗粿步行去取車時，經過一個賣豆菜麵的小攤，掛的小招牌寫著「下營豆菜麵」，先生立刻停步，雖然已飽腹卻毫不遲疑的跨步走了進去，這也是懷念的家鄉味啊！一盤黃麵拌上燙熟的豆芽菜，澆一小匙蒜泥醬油，食指大動快快扒上幾口，再喝一口店家附送的味噌湯，熟悉的古早滋味讓人感動到幾乎要眼角泛淚了。

在台南地區，做豆菜麵有口碑的就屬六甲菜市場和下營菜市場吧，我這麼說立刻引來朋友的抗議，都說他們家鄉的才是第一。

這呷粗飽的庶民美食也是值得珍惜的人生滋味！

原載二〇二一年四月七日《中華日報》副刊

尋味柚香

1.

今晨起床下樓來，忽聞滿室柚香，我知道擺在茶几上的那顆大白柚是該剖來吃了，再放幾天便要熟透熟爛不能吃。

這顆大白柚是一個月前逛假日農市買的，不是想吃，而是想放幾日，讓它散發滿室柚香。

秋天是很令人愉悅的，氣候宜人，秋景絢爛，還有一種特別芳香的氣味，稻子收割，柿子新熟，橙黃橘綠，有些人家還留有幾顆大白柚掛在枝頭，更添秋色。

以前我的麻豆老家種有柚子和文旦，柚城的歲月已遠去，卻特別令我懷念。種作稻粱果物的人家會特別關心節氣，早早翻過農民曆，記熟了重要節氣的日子，例如立春、驚蟄、穀雨、芒種……，方便種植和採收。

文旦是中秋的應節水果，採收都在白露前後，剛好趕上中秋節的市場需求。大白柚的採收則大約在白露過後一個月。這幾個節氣連小孩子都明白的。

芸香科柑橘屬的植物從花葉到果實大都有著濃烈的香氣，我特別喜歡，尤其是大白柚。

放幾個大白柚在屋子裡，不只豔色誘人，像秋日陽光的金黃色，格外能讓人心情愉悅。香氣更是迷人、濃厚，但不嗆鼻，是一種悠遠、清雅，十分纏綿的香氣。

放幾顆在書房，會更增風雅詩情。因為人在書房裡，心是安靜的，更能體知那悠遠香味，先是淡雅，然後每日增幾分，等到發出濃烈香氣時，你就知道該剖來吃了。

吃完大白柚，秋天也就走遠了！

2.

說到呷白飯配滷蛋，我就不期然想起幼時的那一碗肉臊飯和滷蛋。

小時候我常常跟著外婆去麻豆媽祖宮，在那裡會遇到一位我叫「妗婆」的老人家。她每次看到我，就在衣兜裡掏啊掏的，摸出五角錢遞給我，那時大家都窮，會這樣做的人很少，外婆說她是捨得，其實她也並不寬裕。至今我仍記得她夏天常穿的月白唐衫，以及伸手到衣兜裡掏錢的動作。

有一次這位妗婆帶我去她家玩，中午留我吃飯。她從爐上端出一個小陶鍋，一盤炒空心菜，盛了一碗白米飯。然後幫我挾了一塊三層肉、一顆滷蛋，再從陶鍋裡舀了一勺肉臊放在飯上。

妗婆笑吟吟的說：

「吃不夠可以再挾喔！」

陶鍋噴著肉香，讓我忍不住吞著口水。八歲小女孩很矜持的吃著，雖然意猶未盡，但沒好意思再添一碗。

我吃完後舅公也回來了，他上桌吃飯。我偷眼瞧著，發現他只吃空心菜和澆了一點肉汁，三層肉和幾顆滷蛋都還在鍋裡。至於妗婆什麼時候吃飯、吃了些什麼我就不知道了。

很多年之後的現在，我仍記得那一鍋肉臊，之後再沒吃過比那更好吃的三層肉和滷蛋了。

我也總算明白，那醬色油亮的三層肉，以及褐赤近黑、滷到縮小很多又香又硬的滷蛋，是經過一滷再滷，時間釀造的美味！

原載二〇二一年五月十四日《中華日報》副刊

茶餘

茶，在開門七件事排名最末，很顯然是柴米油鹽之外的餘事。

但是這餘事的地位卻越來越重要，尤其最近幾年，茶藝館林立，各種茗茶飄香，飲茶人口突然增加了許多，種茶面積也由丘陵平地而擴展到高山去，越高價越夯，人跡所能到達的山岳，大都沿路兩旁遍布茶園。

茶樹占據山林，水土保持靠邊站。茶園向山區擴張漫流，是林務單位的失職，也是市場供需所致，只願山林不要被茶園吞噬，更不要讓飲茶成為罪惡，陷品茗君子成為環保凶手才好；如果走到這步田地，喝茶還有什麼雅趣可言？

我的茶齡不長，沒資格談茶藝。茶事之於我，真是可繁可簡，大概要視心境而定吧。有時候飲茶純為解渴，有時候飲茶是隆重莊嚴的儀式，宜興泡茶法、安溪泡茶法、潮州泡茶法，一個步驟一個步驟依序而行，關公點兵，絲毫馬虎不得，讓人感覺一飲一酌的尊貴莊重，也誠心敬謝主人待客的厚意。自己喝茶時，我喜歡獨對一盞燈，清淺如涓涓細流的音樂，最好是讀詩，或細品畫集，或什麼也不做，什麼也不想，全心全意純喫茶。與家人或三兩好友共飲，則常常談著談著渾忘所以，一壺好茶浸出了苦味，心中卻是甜蜜的。

前人發現茶葉之可飲，想必出於偶然，而且料想不到這樣的偶然竟會流傳千古，改變了飲食文化。有人以為懂得飲茶，庶幾知文化矣，倒也不是誇張的說法。

喝茶雖有諸多講究，卻也如人飲水，冷暖自適。茶葉的品種千百種，飲者各有所鍾，有些名茶的得來極富傳奇色彩，蒙頂茶、碧羅春、雁蕩茶、雲霧茶、東方美人……均各有佳話。邂逅好茶常要憑藉幾分機緣，令人卻不惜重金追逐，比賽得獎名茶彷彿貼金鑲鑽，萬金求之，飲茶飲出了銅臭味，真是殺風景的事。品味發展到必須靠金錢堆砌，誠屬不幸，而舌尖之養尊處優，則更是不幸中的大不幸。

品茶有學問，品茶師也如品酒師，要有極敏銳之味覺視覺和嗅覺，可以分辨出茶種、產地、土質、季節、烘製方法，甚至雨前或雨後所摘。據說有一位大師，評審完比賽茶之後，一位茶農迫不及待的趨前探詢，這位大師十分遺憾的表示：

「你為什麼要把相鄰兩塊地的茶葉混在一起呢？如果單獨參賽，穩奪冠軍！」

味蕾敏感到這步田地，實在令人嘆為觀止。

喝了幾年茶，倒也喝過全台由北到南的許多茶葉，很能認同茶之有個性，同樣是金萱，埔里金萱和屏東港口金萱便有很大的不同，氣溫、日照、海拔、土壤等等外在的環境，造就了不同個性的茶。茶亦如人，或者，也可以說什麼樣的人喝什麼樣的茶，人與茶，情貌竟也會有幾分相似，誠然不可思議。

茶具也是茶藝之主角，尤其是壺。惜花連盆，愛茶自然也要連壺，一把好壺伴平生，多麼令人歆羨而嚮往之。宜興茶壺名聞中外，一說起於范蠡、西施，一說起於金沙寺老僧，不管傳說如何，的確為飲茶文化增色不少。紫砂、紅泥、白泥、壽山石、黑膽石、金剛石、青玉石……手拉、捏塑、盤條、灌模、雕琢，不同的材質、不同的技法、不同的心境，諸多不同使壺藝千變萬化，傳世精品令人愛不釋手。文人造壺更是雅事一樁，胸中丘壑寓情於掌上乾坤，自然是氣韻生動，意趣不同於流俗。

至於初聞「茶花」，還以為便是白石老人所言「歲寒時節此花亦梅花之友」的山茶，後來才知道原來指的是品茗時玩賞的花藝。喝茶賞花，算來也是順理成章天經地義，何況所用的茶具，不論茶壺、茶海、茶盤、茶盅、茶甌、茶杯、茶碗，幾乎都能做為花器，茶與花，自然就相得益彰了。喝茶時，隨興在茶盤裡養幾朵雛菊，插幾株雪柳，不僅養眼悅目，喝茶的心情也會格外不同。

茶花最好清簡疏淡，很寫意，很隨興，很自在，不必像各種流派的花藝那麼講究章法技巧，拘泥設限反而不夠瀟灑自然。當然最好是熟極而流，自成格局，茶與花與心情渾然成一體，小小塊壘，自有一番遼闊天地。

記得有一回去龍潭，看到路旁茶園處處，也有許多賣茶葉的老店，下車買茶的經過十分有趣。進得店門，賣茶的淡淡招呼，延至角落坐下，端來幾盞茶湯：

「喝茶！」

八歲的外甥鄭重的端起杯子聞了聞，喝上一口下了評語：

「比家裡的難喝！」

賣茶的提了小茶壺再來斟上一杯：

「請喝茶！」

窗外突來驟雨，淅淅瀝瀝，還有沉沉遠雷，彷彿是留客喝茶的天氣。蒸騰茶香引發了談興，一群人不禁高談闊論起來，什麼茶配什麼壺，放什麼音樂，東南西北，談得十分熱鬧。最後大家終於選定了自己喜歡的茶葉，要離去時賣茶的說：

「慢走一步，請各位喝真正的好茶！」

說罷領我們到店堂中央，一組醜極、拙極也令人愛極的奇木桌凳，一套古雅茶具，茶是「今年第一批炭焙的春茶」，水是埔里甘泉。直喝得滿肚子黃湯，窗外的雨停了又下，下了又停，才飲罷盡興而回。這豈不是「坐，請坐！請上坐！」「茶，奉茶！奉好茶！」的現代版？

喝茶真是各有講究，甚至因講究而成雅癖，如果有人蒐而為文，相信定可成洋洋天下一巨構。喝茶也有禁忌，一群喝茶有年的同事，不約而同的規矩竟然是不許在有人泡茶的時候剪指甲，一再追根究柢的詢其緣故，均不得要領，只說有毒。我想大概是因喝茶是生活雅事，忌其不潔吧！

啊，忘了說普洱黑茶。

有段時期辦公室常有同事煮一壺普洱菊花茶，說是可以提神醒腦、解膩去煩、清肝明目，還可護嗓，對於必須天天賣嗓子求溫飽的我們來說特別有助益。黑茶！這茶色、這氣味，真是不討喜不可親，我常只淺飲一杯解渴。

普洱茶長期背負了黑名，一般人稱它「臭殕茶」，常有一股特殊的霉味，肇因於一些不肖商人求短利，澆水長黴促發酵，這些未經由長時間醞釀養成的新茶，或許會有些不好的菌種摻雜其中也未可知，使得很多人敬而遠之。有一次在朋友家，他煮的是陳年普洱，聽我說向來不喜，卻執意倒了一大杯給我，然後拿來一瓶鮮奶徐徐倒入，我看著鮮奶在杯中像畫山水似的洇染開來，喝了一口，竟是未曾感受過的香醇美味，改變了我對普洱茶的刻板印象，剩下的半餅普洱就被我帶回家了。

很早以前就聽說「茶馬古道」，這是一條由茶鄉運茶到京師的茶路，所經是普洱茶最重要的產區。西雙版納、易武、老班章……光聽名字就讓我十分嚮往。偏遠山村，自古種茶，每株古茶樹都有百年以上的樹齡，全村都種茶製茶，老茶號歷史悠久，做的普洱茶工序十分繁複，曾一度失傳，幸經有心的職人努力追索，終得起死回生。

然我對於茶鄉的興趣是遠大於普洱茶本身的，茶鄉令人嚮往，茶事之於我則茫惑不可知，太高深莫測，都說買普洱就像買房子，太多專業細節和暗黑商賈，尤其一聽到老茶號出品的百年普洱一餅要一千萬人民幣，簡直驚到瞠目結舌忘年忘月了。我有朋友早年也愛老茶，收藏了一批普洱存放在地下室，後來全部霉壞，面對大家的關心探詢，他也只笑笑抵死不肯公開被坑了多少錢。

所幸我喝茶向來隨意，韻與雅只求自適自賞，能喝到高山凍頂、珠露、雲霧、東方美人、日月潭紅玉等等，已覺是極大的幸福。

我的確是把茶當柴米油鹽尋常事了，粗淡也有味，自有生活中值得珍惜的煙火人情在。

原載一九九三年十一月《中華日報》副刊
並收錄於《府城藝文》選集

看戲

看了一齣半歌仔戲。完整的一齣是在文化中心的演出，半齣則是廟會的野台戲，演出者都是明華園。

歌仔戲和布袋戲，這種純粹本土文化的地方戲曲，最遺憾的是結緣不深，從未有過迷戲子的經驗。最早的記憶是就讀小學之前和外祖父去看戲，五〇年代初期、光復前後，是歌仔戲的黃金時代，有專門演歌仔戲的戲院。我的故鄉麻豆鎮有兩家戲院，頂街的新戲院演電影，下街的舊戲院演歌仔戲。我每次去找外祖父，他就帶我去看歌仔戲，那時年紀小聽不懂戲文，感興趣的只是一邊看戲一邊吃花生、蠶豆，看著看著睡著了，戲散了場，外祖父就揹著我回家。

戲園子裡演歌仔戲，印象中場面很大，布景華麗，還有吊鋼絲的飛翔表演，有時老鷹、猴子也上台演出。這樣的好景彷彿曇花一現，未久歌仔戲沒落了，不在戲院演出，戲院更新設備改為放映電影，歌仔戲銷聲匿跡了一段時間，很多戲團解散了，直到六〇年代中期才又在廟會野台戲出現，這期間歌仔戲經歷了一段慘澹的歲月。而之後的七〇年代，三台電視歌仔戲節目競相鬥戲，寫下了歌仔戲史上最輝煌的一頁，再來就又如煙花殞落，接近沉寂了。

有些小型的歌仔戲團，或戲團解散後的游離演員，也像走江湖的雜耍賣藝人一般，在農村巡迴演出，不搭戲台就地開演，兼賣膏藥、大補丸以維持生計。早年農村缺乏娛樂，看歌仔戲、迷戲子算是很時興的消遣了。夏天的晚上，下了工洗好手腳頭面，吃過晚飯，左鄰右舍相約趕歌仔戲。一群人穿著木屐走在石子路上，雜雜沓沓，踢踢拖拖，由東庄趕到西庄，由前村趕到後村。看戲看得掉了魂魄，男生追小旦，女生迷小生，弄得牽腸掛肚茶飯不思的情形時有所聞，小學同學中就有人拎了包袱，要隨戲班去浪跡天涯。

歌仔戲的起落興衰和經濟面政策面的脈動息息相關，值得仔細檢視。而電影、話劇、歌舞秀、電視劇的興起，也是造成歌仔戲風光不再的重要原因。生平第一次認真的看完了這一齣半的戲，心中真是不無感慨，文化中心的演出是明華園的正團，由當家小生孫翠鳳領銜，很具號召力，不管是布景、服裝、道具都極講究，聲光營造配合科技設備，也可見用心，演出極具水準。

野台戲的演出者是明華園第二團，由七十一年獲得全國戲劇比賽最佳生角的陳昭香領團。雖然演出規模較小，戲台搭建因陋就簡，但是不論上妝、服飾、道具、身段、唱腔都很中規中矩，十分敬業，不像我們經常看到的披散著頭髮、穿著便裝拿起麥克風就唱的酬神戲。據陳昭香表示，絕不會放棄野台戲，一來是維持戲團生計，二來則是不敢忘本。如今雖然境遇較以往大為改善，居有定所，不必再睡在戲棚下，但是不敢一日稍忘從前餐風宿露流離奔波的歲月，因此在日場下了戲，夜場尚未上演的晚飯時間，仍然經常露天炊煮，大夥兒帶著彩妝聚在一起吃大鍋飯，保留了「戲台上吃飯」的戲團老規矩。

歌仔戲不僅承襲了地方文化的色彩和傳統曲藝，也同時融入時代的精神。有人非議當今的歌仔戲加入了太多流行曲調和光怪陸離的聲光效果，認為有違傳統，簡直就是趨卑就下。我倒不以為追逐流行就是趨卑就下，主要的關鍵就在於分寸的拿捏。歌仔戲原本就是地方劇藝，曲調起源於民間傳唱歌謠，身段做工取法平劇，唱本則來自五言、七言的四句聯語，內容不外稗官野史、傳奇小說，用以教忠教孝規諫向善，或說個故事博君歡樂，是故可莊可諧，雅俗共賞，角色有很寬廣的揮灑空間。村言俚語、流行歌謠、時事諷諭，只要不是粗鄙下流，或太過喧賓奪主嘩眾取寵，如何不能入戲？月琴、胡琴、南管、亂彈，大鼓、中鼓、小鼓、鐘磬、鐃鈸，又如何不能金聲玉振絲竹合鳴，歌之舞之足蹈之？

可嘆的則是大凡一事或一物瀕臨絕境，才會有政策性的保護措施。歌仔戲的列入薪傳獎，自是令人一則以喜一則以憂，憂其薄暮晚景或將面臨漫漫長夜，戲團的日益減少就是令人擔心的事實。喜的則是承受些許關愛的眼神，說不定果能薪傳有人，歌仔戲在台灣戲劇界還能保有一小片藍天。

原載一九九三年六月二十七日《新生報》副刊

又到吉貝

從馬公市區搭車三十分到赤崁碼頭，換搭快艇不到二十分鐘就到了吉貝嶼。

這是我第四次到吉貝。第一次是作家參訪團，怎麼來的？當然是坐船，至於在哪兒坐的船不勞我費心，我也就漫不經心，只顧著站在船頭遠眺，驚喜的讚嘆吉貝綿延的白沙灘和彩色木屋群。

第二次雙人行，行程自己規畫，請朋友幫忙預約了上次住過的小木屋。從哪兒坐船來就真的一點兒信息也想不起來了，只知道從馬公市區到那個搭船的碼頭並不遠，船行四十分，而不是二十分鐘。事後回想，再拿出地圖比對，明確的覺得一定不是赤崁碼頭，問過許多人，卻無人能肯定回答到底是哪個港口。

這次再到澎湖，約了一群朋友同行，也請了當地的導遊，走遍大小景點遍覽離島風光。如今的澎湖觀光已做得相當有品質，不管是旅行社的團體包辦行程，或是個體戶的民宿，幾乎都是一條龍的經營方式，從住宿、餐飲、租車到行程導覽，都可以幫你安排得妥妥貼貼。

屈指一算，距離第一次的吉貝初旅已近三十年，歲月洪流沖蝕了許多人間物事，紅顏會老，環境的改變也令人驚心，我已找不回昔日的路徑。在海岸沙灘上來回踱步，巡過一圈又一圈，初秋向晚的海風呼嘯，揚起了漫天飛沙。

昔日美麗的沙灘縮小範圍，偏移了位置，海岸線逼近許多，捧起的海沙也不再像花生粉一般柔細可人，而且多了漂流物和垃圾，海灘污染，已不像是我魂牽的夢土。昔日共敘的萍聚舊友也多如沙上足印，被海浪沖刷而離散了，然則海風裡卻彷彿還有著昔時此起彼落的歡聲笑語。也記起了一位已經遠逝的文壇才子向我微笑揮手的身影，轉過街角，他走遠了，不再回來。

腦海中還在為當年如何來到吉貝而尋思不得其解，信步走到小街去逛逛。一家雜貨店的闆娘見到我說覺得面熟，我開玩笑問她，不會是三十年前見過記憶到如今吧？然後問起有關碼頭的事，終於解了心中的疑惑，原來當年我可能是在馬公港搭乘快艇，另一可能則是在後寮漁港搭交通船。船行四十分鐘，記憶並無差錯，只是時間潮浪改變了地理風物，以及人事更迭，更老化了腦殼下主管記憶的海馬迴。這塵世，果真日新月異歲月不居啊。

我還是喜歡吉貝的，喜歡這地名帶給人們的幸福感覺，喜歡居民的善良質樸，喜歡地理風物的尚稱純淨，只要再多一點努力維護，依然是我紅塵羈旅最愛的夢土。

寫於二〇二二年十一月

白鷺歸來

追著斜陽，我向著安平來了！

1.

一六六一永曆十五年，鄭成功以二萬五千兵，乘數百艨艟，自鹿耳門攻入，占普羅民遮城，驅荷蘭人，制一府二縣，以赤崁為承天府。為懷念故里，改一鯤身為安平鎮。

日升月落，滄海桑田。

安平，平安。

有一年夏天，街道兩旁的鳳凰樹熾烈的開著花，她和父親頂著驕陽汗水淋漓的走在樹下，白花花的陽光透過葉隙投射下來。炎炎七月的尾巴了，樹上猶是紅雲一片。一陣風吹過，花瓣像彩蝶一般飛上飛下，在她頭頂翩翩而舞。她感覺自己像一尾很小很小初生的魚，有些好奇，有些快樂，又有些怯怯的在街道上游來游去。

天色很藍，沒有一片雲。

每次回想到這裡畫面就停格了，她對才去報到的學校沒有留下太深刻的印象，努力回想也想不起第一眼看到的校門到底是什麼樣子。畫面一跳就到安平古堡，卻記不起那天報到之後是怎樣和叔叔聯絡上的，也不記得叔叔是怎樣把他們帶到安平去，只記得她站在城堡的牆垣邊，眺望遠方的海域和左前方的墳壘群落，不知為什麼連打了幾個寒噤。她和父親坐在古台階上拍了一張照片，往後的許多記憶和難以言敘的悽愴之感，就由這張黑白照片去演繹鋪陳。

之後又到漁港去，濃烈的腥鹹海風把海洋帶到她面前，腳下不時踢到牡蠣殼、蛤蜊殼，還被纏捲不清的魚網絆了幾跤。黑水映射七彩油亮的波光，船影蕩漾，赤膊的漁人吆喝著，活生生的一幅生命好景烙印在心田。

這是與府城的初遇。她十三歲，考上台南女中，第一次搭火車由鄉下進城來。

此後三年，她常常在夢裡跌一跤驚醒過來，來不及睜開眼睛，飛快的套上制服和鞋子，跑得上氣不接下氣，在最後一秒鐘伸長了手被站在車門口的男生一把撈上車。也有幾次在奪門而出的時候被母親拉回來，一看掛鐘才只半夜，晨雞未啼。

出了火車站，她通常重蹈著報到那天和父親踏過的足印，由博愛路、府前路再轉進建業街。一路上都是枝幹嶔崎的老鳳凰木，她的髮上常常落著花瓣，或是米粒一般的黃色葉片，只有在冬天的時候，視線可以穿過瘦稜稜的枝椏，看到高遠的藍天。

再後來跟著別人抄近路走捷徑，從衛民街彎進東菜市場，繞過賣魚賣肉賣菜賣番茄賣燒餅油條的攤子，和買菜賣菜的人潮摩肩接踵耳鬢廝磨一番，再從府前路的巷子鑽出來，每天遇著不一樣的人物風景，上學的路上多了新鮮有趣。放學的時候再倒著走一回，順便租一本漫畫書、買幾顆酸梅，居然和一條狗兩個男人三個女人成了朋友，一日不見便要投問相詢。

有時候膩煩，就自己走大埔街，繞進延平郡王祠逛逛，再到火車站去。或故意晚一班車，慢慢的走著走著，將近黃昏，斜陽把她的影子拉得很長。古樸的街道有一種淡泊幽雅的寧適氣息，在恬馨的向晚空氣裡漫漾開來，與她的心境多麼契合。

2.

一六九四年康熙三十三年，《台灣府志》這樣記載：「自安平鎮至大井頭相去十里，風順，則時刻可到；風逆，則半日難登。」

一六九七年康熙三十六年，郁永河來台採硫，在大井頭下岸，有記：「近岸水益淺，小舟復不能進，易牛車從淺水中，牽挽達岸。」

一七二五雍正三年，設北郊，營商業貿易。後續有南郊、港郊之設。

一八二三年道光三年七月，台灣大風雨，鹿耳門內，海沙驟長，廣大台江，陸埔成市。

一八五九咸豐九年，陳肇興〈赤崁竹枝詞〉：

水仙宮外是儂家
來往估船慣吃茶
笑指郎身似錢樹
好風吹到便開花

愛玩的年紀，她常和同學在週末趕實踐堂和青年館的電影，或相約去東門圓環吃蚵仔煎、米粉炒、紅豆冰。好朋友嘻嘻哈哈，不為什麼的打打鬧鬧，也不為什麼的翻臉鬥嘴。青春無怨，也無悔。

初中的最後一年，她突然安靜了下來，不再跟同學一起喧鬧。沒課的時候，拿了書躲到圖書館後方的牆根下，這兒自成一個小小的幽祕天地，一堵老牆，一棵枝葉茂盛的老榕，以及一對相依相隨的鴿子。

牆已半圮，攀緣其上的除了老榕之外，還有繁花盛放的南美紫茉莉，鮮活的生意對應著古牆斑駁苔痕，彷彿警句偈語，也彷彿無言的揭示著一頁滄桑的歷史。

她常坐在頹牆上，望向不遠處的師範學校校園，若有所思，有些縹緲的意緒像遊雲一般來到腦海，又悄悄飄走了，不著痕跡。煙波浩渺的心湖彷彿風平浪靜，又彷彿有一艘船擱淺著，想要逐波而去，卻又戀戀不捨。

上學、放學，每天孤獨的來去，有時也受託幫鄰居的雜貨店辦點事，給店家帶口信或補點貨，帶幾包螺釘、幾把剪刀等等，這些差事讓她逛街逛得心安理得。從學校出來，順著開山路一直走，從民生綠園到民族路，找到赤崁樓旁邊的一家五金店，小小的鋪子，裡面金銀銅鐵叮叮噹噹，好像要什麼有什麼，貨架一格一格直由地面堆到房頂，看得她眼花撩亂。

辦完事如果脫了車班，她就彎進民權路，走一段布街。她喜歡布街給人的華麗感覺，一疋一疋的布匹排列整齊，店堂很深，光線與色調都是暗幽幽的，架上的布匹卻格外鮮明，像綺麗的夢境，等待著有人去喚醒。

她著迷於這件差事，主要是對於這個城市懷有好奇探索的心情，使她興致勃勃的穿過大街小巷。有時揀些小街走走，曲折的巷弄，幽深的宅院，背光的陰影，後街裡的生活，種種平凡的卑微的有時甚至是低賤的場景，相對於繁華通衢上的堂皇門面，似乎更能牽動她纖細的思維，撞擊著她敏銳的情感。謙和知足照眼會心的小市民容顏，更深深的鐫進她的心版。

時間之河奔流向前，不斷的推湧沖刷，企圖洗劫人類文明，土地卻千方百計想要留住一些什麼，它刻下痕跡，留下印記，好讓後人能夠循跡追索，找回代代相承的血脈源頭。

那樣的歲月她走過德慶溪岸，走過五條港區，走過了曾是店商雲集的十字街，一步一步踏印在歷史上，歷眼許多生命的場景，卻渾然無覺。

3.

一八七四年四月七日，屏東牡丹社事件爆發。五月四日欽差大臣沈葆楨抵台，九日速建砲台於二鯤鯓以備戰，翌年完成，即今「億載金城」。

府城向稱文化古都，其實她並不記得六〇年代的台南有什麼文化活動，至少文學就十分荒寂。她識淺如此武斷。

負笈北城，也曾是文藝青年，知道當時正推動什麼戰鬥文藝，軍中的筆隊伍橫掃到學校去，由點而線而面的擴展開來。台北是島上文學的風向球，明星咖啡屋（作家咖啡屋），以及後來事件不斷的野人咖啡屋，是詩、散文、小說和第八藝術的部落群，文化人聚集，清談出滿桌子菸屁股，以及周夢蝶的禪、紀弦的〈檳榔樹〉和鄭愁予的〈錯誤〉。

南部的文壇輕波蕩漾，她聽說許多文人因為白色恐怖噤了聲，只有青青禾苗不安的探頭探腦，他們剋扣午餐費，省下車票錢，賣掉腳踏車，集資出刊的文學刊物，很青澀，很可愛，卻都像短命桃花，還沒來得及開放就夭折了。這其中也有人奮力不懈，像野地蒺藜，不畏少水少肥、多風多雨的環境，堅持成長的權利。

很多年後她重新省視，才明白有些成人世界的纏繞糾葛，與命運抗爭的慘烈，她是無法理解的，畢竟她太年輕，所能看到的僅僅是眼下秋毫。

她參加在府城舉辦的文藝營，曾培堯教的水彩畫，在四維街寫生時，她故意把地面全塗成墨一般的黑，害得曾老師再三探測她的心理狀態，憂形於色。白色的窗簾缺少母愛，黑色的太陽缺少父愛，墨色的土地代表什麼？人心不會這麼簡單吧？她在心底竊笑不已，要這麼分析，馬蒂斯、畢卡索把人體一刀一刀的切割，豈不要被抓去嚴刑逼供？其實再怎麼玩笑嬉鬧，她的內心還是很真誠善良的，覺得生命裡的某些重要部分與這個城市不能分割，息息相關聯。隱隱約約覺得這是一種傾心，一種生命裡生死契闊的遇合。

她有一個好友住和平街，假日相尋，慣常走民生路，二段從前叫安平路吧，在一家木材行前轉進彎曲狹窄的巷弄，朋友家的木造樓已經頗有年紀了，木色褐黑古意盎然，斑斑影影都可看出歲月的痕跡。她喜歡抱膝坐在明亮的廊簷下，望著鄰家攀籬而出的扶桑花，妖妖嬈嬈媚紅一片，聽屋裡女友的母親講古道今，有時候隔壁的一個大男孩也來湊趣。朋友的母親一口不知是何處鄉音的台灣話不急不徐的細數陳年往事，歲月的河流嘩嘩奔流而去。

「從前這附近是渡口呢，叫做南河港。」

她一聽錯愕了一下，不可置信的打量著這屋裡屋外。

「屋後不遠還有接官亭和西羅殿，從前清朝官吏來台灣就在這兒下的船，所以設接官亭好接送官爺。」朋友的母親如是說。

以後，她一踏進巷口，有時就故意作勢撩起裙襬，裝做涉水而來。

與朋友青梅竹馬的那個男孩約她們一道去億載金城。在中正路底的渡輪碼頭搭的船，換一程竹筏，再走一段曲曲折折的小埂堤，穿過棋盤一般的魚塭，才到達億載金城。白花花的陽光映著池水，閃痛了她的眼睛，感覺這一段路十分漫長，遠遠的接上天邊。

億載金城的古砲口圓張著，像吞吐著滿腔憂憤。有一棵好大好大的花樹，不著一片葉子，滿樹開著星星一般的小花，繁繁密密，滿枝滿椏，總有幾十萬朵吧，這樣嘔心瀝血的花開讓她覺得驚駭。

濃烈的花的香氣使她瞇了眼，夢裡不知身是客。她恍惚記起前不久在圖書館翻到的一則記事：

某年某月某日，四更初，流星起東南，至西北海中而墜，流光四散，聲大如雷。

到底是哪一年的記事呢？她再也想不起來了。

一陣風來，紅色的小花像夜空的流星雨一般落了滿身，飄零的落花，彷彿承載著歷史的重量。

4.

爾來了！

那一年的秋天來得特別早。

九月，她摒擋一切遷居府城，感覺了卻一樁心事，彷彿前生訂下的約會，歷經幾世幾劫，而今前來踐履。

秋天來得多麼早。

她撥過幾通電話，尋了幾回舊跡，才發現當年伙伴有的出走他鄉，有的遠適異國，或如風之流、雲之散，或如參商輾轉不相見，或竟天人永隔，留下一個古老的滿是記憶的城市給她，讓她形單影隻的去追懷。

未及安頓好箱匣，她僕僕行走於街市，滿臉倦容與倉惶，企圖尋回一些舊日的溫度。記憶中的這個城市，何等豐美，而今觸目所見皆是異景，中正路底的渡輪碼頭已填平，造起高樓大廈。母校後牆的古城垣也被重新修砌，除了牆基幾塊老磚，其餘早已不是昔年風貌。她也找不到去吃紅豆冰的東門圓環，找不到看《樊梨花》的光華戲院……幾年之間，這個城市竟然變得如此陌生，這些改變讓她一時措手不及，內心更加惶惑孤單。而且偌大一個城市竟無一人可以傾心相談，她向誰去訴說對這個城市的想念、對這個城市的疏離、對這個城市的失望、對這個城市的期待……啊啊，憂喜誰相與共？

許是她異乎尋常的緘默令人擔心，一個朋友請了假專程南下來看她。兩人在億載金城坐了一個下午，天將暮，在漸起的晚風裡攜手走回市區。由靜寂黃昏走向燈火輝煌，由蒼茫曠野走向繁華市塵，前方一片七彩琉璃一般炫奇的夜景，宛如海市蜃樓，似夢還真，在這樣清冷的夜晚一步一步走向安身立命的城市，心中幡然有了感悟，千絲萬縷細細悠悠忽喜忽悲纏綿轉折的意緒，終於化作兩行清淚，在晚風裡濕了又乾，乾了又濕。

第二天，她手持幾張翻拍的舊地圖，置身民權路和永福路交匯的往來車流中，俯看腳旁的「大井頭」遺跡，再眺望不遠處「禾寮港」的立碑，不相信那就是當年鄭成功登陸的渡口。德慶溪蜿蜒流過來，寫下了歷史，又隱身到城市的地表之下，不留蹤跡。

一張光緒初年的台灣縣圖，繪圖者在大西門之前有這樣的註記：「舊台江可泊舟千餘，今平陸矣！」眼前繁華的西門鬧街當年竟是水域，可以行船；赤崁樓傍海而築，鄭成功的部將曾在此隔著台江海域與荷軍相互叫戰。滄海桑田，風雨人生，人間多少興廢起伏，能不令人嘆惋？

再翻開康熙、乾隆、光緒的城池圖，比對之下，街坊的形成如在眼前歷歷開展，市井生活的場景栩栩鮮活，然而書頁一闔又成了歷史。走過當年的鞋街、帽街、打銀街、草花街……穿行狹窄巷弄，跨過隘門，站在石舂臼的小食攤前，細細懷想起水仙宮周遭的無邊風月，幾幾乎就要以為自己是昔年寶美樓妖嬈多才卻運途多舛的名妓王罔市，或在春暖鞋街買鞋的嫻雅婦人。

在老地圖上發現大埔街是另一個驚喜。一七五二年，距今二百四十年之前，大埔街是什麼樣子呢？她彷彿搭著時光列車，一跤跌進了二百四十多年前的歲月，風雨淒其流離輾轉，一路顛躓撲跌跋涉而來，雖然憂患備嘗，幸喜歷史的臍帶不曾中斷，她覺得安心。

古蹟的意義就是這樣吧？古老的城牆、古老的巷道、古老的屋舍、古老的器物，以及在古籍裡閃動著智慧光芒的文字，它們發散著一種似曾相似的氣味，拍發出神祕的電訊，穿過了遼敻的時空隧道，遙遙的招喚著我們。

她終於在失落多年之後，找回了屬於她，屬於這個城市的熟悉氣味。

5.

方才
我像一隻歸來的白鷺
在水田裡尋尋覓覓
晚鏡中
早已沒有了昔日的風采

背著安平的夕陽，我又來到大埔街，站在街頭對著綠底白字的街名標示牌，痴痴發楞。歷史的長夜，彷彿又風狂雨驟起來，浪捲赤崁，沙湧台江。就在昨日，斧鎚揮擊，承載著三百年台灣歷史的延平老街應聲而倒，斷垣殘壁的場景令人傷感，居民的激動也叫人心痛，但願這不是結局，而能尋求一個更合理、更圓滿的解決方式。

愛這個城市愛了幾十年，像這樣的傷心早已習以為常，見慣人們給古蹟搽脂抹粉，或是拆舊瓦換新樑，狠狠的除舊布新。有一年夏天，天天經過赤崁樓，看見颱風吹倒大樹，壓垮牆垛，幾個月過去，牆修好了，便已不是原來的樣子。

但是有些老屋的不諧和卻是另一種可親。安平效忠里有一戶人家，女主人來歸時造的三合院新屋，堂皇氣派；五十年過去，大兒子娶親時粉了牆壁，貼了地磚，二兒子娶親時封了大灶改用瓦斯爐，三兒子娶親時砌了貼彩色石子的浴缸。屋裡屋外，牆上地面，到處都是歲月河流沖刷過的痕跡，很寫實地記錄了一段曲折的人生。

很多人和我一樣，之所以愛府城，是因為愛這個城市的到處是歷史。歷經歲月洗禮的古蹟把歷史揭示在我們面前，經過批判、詮釋，突顯了善惡是非，釐清了曖昧輪廓，讓我們清楚看見本來面目。也能循跡追索，使心靈得以安頓，使前行的步履因踏實而更雍容有度。古蹟是歷史的延伸，是民族情感的歸宿，沒有古蹟的城市，讓人覺得荒疏冷寂，缺少了薪火延續的溫暖，也會逐漸失去傳承的熱力。

披覽古籍，或徘徊於歷史遺跡，俯仰追懷間彷彿看見自己從漢唐走來，穿過宋元，繞經明清，一路前行來到眼前，楊柳依依，風景無限。因此我喜歡新舊並陳的事物，而不能忍受城市過度的除舊。太新的城市，讓人感覺沒有文化，沒有歷史，沒有植根的土地。太新的家園讓人覺得冰冷慌亂，一顆乍浮乍沉的心找不到可以依託的所在。

而且浪跡天涯的歸人回來，找不到從前爬過的樹，找不到當年烘手煮茶的紅泥小爐，找不到風簷展讀的書卷窗，找不到母親倚過的門閭，便要再策馬達達的遠行，把〈錯誤〉的懷鄉曲一路唱到底。

日已西沉，大埔街上的水銀燈次第點亮，我只想問問歸來的白鷺：

晚鏡中，風景舊曾諳，心中悔或無悔？

本文獲第一屆府城文學獎散文首獎
一九九五年七月刊於《中華日報》副刊

梧桐蔭涼的下午

1.

上海春日，春去春又來。

想要認識一個城市，最好的方法大概就是安步當車，用腳丈量，把腿走斷吧。第一次來上海，我的確是拿著一張地圖，按圖索驥走了許多地方，後來就把地圖拋了，只跟著感覺走，只向著梧桐蔭涼的地方去。

從陝西南路轉進紹興路。出版一條街，逐漸淡薄的紙墨氣味。日暮黃昏的淡薄，也是一種寡情。

下班的J打電話來，問我去了哪裡？

我說看過了金谷邨、步高里，走過了陝南、紹興、瑞金路，正要散步走到衡山路的凱文咖啡。

J說，瘋狂。他在上海十多年從未這樣走過。

這一區正是當年的法租界，幾百幢有歷史有故事的老房子，是昔日名人巨賈的豪奢住宅，現在不是改裝做高檔餐廳就是成了尋常百姓家。解放後外僑撤走的空房子一下子湧進太多住民，大概誰占了就是誰的吧？看過一座花園洋樓掛了十幾塊門牌，院裡橫七豎八排滿腳踏車，晾曬一竿一竿的衣服，真可惜了這蓬頭垢臉褪去風華的西班牙式建築。

看多了老洋房老建築頓覺背後的滄桑歷史太令人頭疼，馬蹄聲已遠，年華老去的建築也已面目模糊，曾經的夢痕你收藏了幾枚？相較於這些高冷雲端，反倒覺得集合住宅的「金谷邨」、「步高里」煙火人氣可親，一扇門、一口灶，有著人間的汗水蒸騰和溫度。廚房傳出剁剁剁切菜聲，門口藤椅坐著聊天的老人。時間果然在此停駐。

晃蕩了一整天，此時夕照初染，晚風沁涼，真想要一直走一直走一直走，走到地老天荒。

我和J約在凱文咖啡。

2.

J很多年前去了魔都。

隔著海和千里路，我用Skype找他，電訊常常是不好的，說話斷斷續續，不知是要掛斷還是繼續這樣藕斷絲連的有一句沒一句？有時J擠在地鐵的人群裡，哐噹哐噹咻咻的車行聲，還不時傳來廣播：「歡迎搭乘一號線，本次列車終點站富錦路」、「請將愛心專座讓位給需要幫助的人」……還夾雜著英文站名的播報。

那時地鐵只有三條路線，我可以從車行的站名和方向判斷J是要進城去或是回家。有時電話裡聽到叭叭叭連續急按的喇叭聲、車流聲、人流聲和呼呼颳大風的聲音。

「風吹落葉。」J說。

梧桐葉落，枯黃的落葉辭枝，被大風颳起在半空中飛舞，旋了幾圈跌落在地上，被車輪碾過，被行人踩過，又再被狂風吹起旋到半空中。

J一個人在深秋的衡山路走著。

梧桐葉落了滿地，枯乾瘦稜的枝椏伸向天空，張牙舞爪想要抓住灰灰的流雲，像要索還什麼。

戶外的溫度計每天都向下沉了一些，天氣越來越冷了。城市的臉孔暗淡許多，褪了脂粉顏色只剩灰和黑。

深秋某日我從浦東機場轉了兩趟車，J把我接到家時夜已過半。J說去吃點東西吧，為了等我他尚未進食。

附近的餐館都打烊了，也不想走太遠，就在街角一家還亮著燈的火鍋店點了火鍋和兩個快炒。黑色的小鐵鍋架在爐上，噗哧噗哧噴著熱氣，白煙迷了眼。

J把兩雙黑溜溜的木筷放進湯鍋裡涮了涮遞給我。我愣愣看著他忘了伸手。湯鍋裡翻滾著豬骨、玉米、蘿蔔、豆皮還有一些看不清楚的食材。兩顆帶殼的龍眼乾、兩顆看似罌粟蒴果的果殼在鍋裡翻上翻下撲騰著。很多年過去我一直沒弄清楚為什麼火鍋裡要有帶殼的龍眼乾和罌粟果殼，J也不知。後來也沒再見過。

我百感。瞪視著眼前的大男孩，半年不見他瘦了。

他舉筷伸入鍋裡撈出肉片放我碗中。

以前的他潔癖龜毛得不得了，國中就洗自己的衣服，把白襯衫洗得雪白，吃飯喝水小心翼翼不沾別人口水。

「快吃吧，餓死了！」

天氣很冷了，吃完火鍋回住處的路上夜風瑟瑟，我豎起衣領緊挨著J，想著衣物是否帶足夠。

隔日J拉著我穿過人民公園。

「給妳看一樣東西！」

上海美術館英式古典建築的牆角有一組雕塑，一群容貌、表情、衣著各異的男女老幼，或蹲或站各據一角，來回睇幾眼你立時明白這就是上海極為寫實的群相縮影。人事更迭，城市幾經變遷，但今日仍可在上海火車站或長途巴士站看到這樣飄移無根的浮萍，鄉下來的黑戶打工族。

有個年輕人抱膝蹲踞看著前方，眼神空洞，一臉惶惑茫然。

J說他常常來看他，蹲著和他對視，覺得自己就像他。

J把部落格的頭像換成了這個眼神空洞的雕像，說他就是他。有著他的心境。日後我和J在Skype說話，腦海裡自然而然就浮現這雕像，反而有時想不起J的樣子和他的笑臉。J大概已經很久沒有笑容了。

有一次電話裡竟然聽到汪汪汪的狗吠聲，幼犬撒嬌的輕吠，原來J養了紅貴賓，名模林志玲養的那隻。J叫牠拿鐵，棕紅色的毛就像一杯香醇咖啡，陪伴著他的暗夜。

緣起是有個深夜下班回來，打開門迎面一陣凜冽刺骨寒風，捲起落地黑白窗簾，飄飄忽忽鬼影幢幢把他狠狠嚇了一大跳。J撫著胸口咒罵自己，為何早上出門去忘了把窗關好關嚴？為何白目偏偏選了那黑與白？

有了拿鐵日子溫暖許多，進門胖乎乎小肉球歡叫撲身繞膝抱腿。寒夜不再淒冷。

J不搭地鐵不坐公交了，假日開車載我到遠方，想去哪裡就去哪裡。

小區裡原本沒幾輛車，卻好像一夜之間自體分裂長出了一大群，繁衍漫漶到車位的攻城掠地爭奪戰。J老早就花錢養著一個車位，沒車時任人停，有了車卻趕也趕不走，常常深夜回來停不了車，或一大早出門趕著開會卻被堵死動彈不得，跟物業和保安反映了幾次、理論了幾次都不得要領。

合該有事，那個晚上疲累不堪回到家，繞了幾圈找不到空隙可以把車塞進去，氣急敗壞發了大脾氣拉著保安去把人叫出來，二話不說一拳揮過去，幾回合打歪了鼻子打砸了眼鏡，驚動城管也來了，結局是兩造握了手鞠躬下台。

從此J的車位再也沒人敢搶，更奇的是狹路遇見了還能彼此點個頭打招呼。

我規正他小要忍，J說這是叢林生存法則，孔老夫子沒教的。

3.

後來我自己搭車出門，也總要找機會穿過人民公園到上海美術館去，看那一群眼神空洞的塑像。

圍繞著人民廣場，周邊是上海博物館、城市規畫館、歌劇院……走走逛逛，歇腳在歌劇院對面的真鍋咖啡，選二樓窗邊的沙發座，點一客此店我唯一能接受的畑煮鯖魚套餐。梧桐枝葉從窗口伸進來，帶進陣陣涼風，太愛這個座位了，常常一坐一下午。直到有一天易主關店害得我來來回回找不著，美術館牆角的雕塑也一夕之間消失了蹤影，不知去了哪裡？

然後美術館就搬到浦東去了，原址變成上海歷史博物館。

兩年沒過黃浦江到浦東去，出了地鐵站竟不知要怎樣過馬路。架高的空中走道串連著一棟又一棟的金融大廈、百貨公司、精品旗艦店，昔日遙望仰之彌高的東方明珠塔矗立在眼前，竟彷彿伸手可及。拔地而起的摩天大樓太多了，多到再也無興趣一一去指認，繁華過眼，果然雲淡風輕。

揮手自去吧，真的沒什麼好提起的，這城市的多變給人的感覺是無情和陌生，穿街走巷徜徉春光許多年許多日夜晨昏，我竟不敢為朋友導遊，不敢介紹看過的好景、吃過的美食、窩過的咖啡館，上個月去過的店說不定明日就從這個城市消失。

J說，不知不覺站在一個時代的浪尖，被推著向前，回首驚心，青春就是這樣消磨掉的。

上海最美好的歲月已經逝去了吧我覺得。那個琉璃金粉光華璀璨的年代是張愛玲白先勇專屬的，再也回不來。

唯有這片梧桐蔭涼，招來風招來雨招來百年風華人間興廢卻堅定未有停歇，一路迤邐清涼下去，枝葉招搖伸手挽留著躊躇的旅人。

繁華旦夕，千年煙雨。陌生的城市啊。

我和J約在黃昏後梧桐蔭涼的凱文咖啡。

原載二〇二一年十月九日《中華日報》副刊

輯四

紅塵歷眼

紅塵逆旅，總有相與的人
江湖很大，總有相忘的人
不管世情如何，還是要記得吃飯睡覺
把日子過得像花，一朵一朵的開放

敬二〇二一

偶然翻到Mo畫的一幅畫，對照當下的心情竟是百感交集。

天真的五歲小女孩畫了一幅彷彿地球橫切面的圖畫，地面上有高樓，有城堡，有火車，有大樹，有快樂遊戲行走的人們。地表底下卻橫陳著魚骨、人骸、骷髏頭和亂石，還有幽深的無底洞通向未知的地方。

Mo的解釋很簡單，地面上都是有生命的，沒有生命的都到地底下去了。是生活，小小的心靈很直感，沒有更多的意指。

逝去的一年，我的確是很憂傷的。

總結這一年的日子，大都在牽腸掛肚中度過，所有的懸念都因突如其來的疫情。面對撲朔迷離、變易詭譎的隱形敵人，心懷憂懼。去年春節，好不容易團圓了，卻又忙著四處張羅口罩，全家人分散去排隊搶購，我也曾大清早天未亮就去巡超商，等待口罩不定時的進貨。所幸後來管控得宜，口罩之亂總算平息。

接下來面對的是Mo爸必須返回外派的公司上班，攜家帶眷，心情格外忐忑，護目鏡、口罩、手套、雨衣全副武裝，大人、小孩都包上了尿布，再三叮嚀在飛機上不飲、不食、不上廁所……這樣的飛航簡直是惡夢。

一年過去了，苦難的日子卻尚未走到盡頭。疫情起起伏伏，飛機泰半停飛，百業待舉。雖然疫苗逐漸開打，但鎖國的還在鎖國，禁足的還在禁足，舉世矚目的東京奧運也不知要如何開鑼。

遠方的朋友仍然訊息杳杳，吉凶未卜，讓人懸念。

世界在改變，國與國的關係、人與人的關係、人與環境的關係……都在衝突碰撞，紛紛擾擾爭吵不休，不知如何取得平衡。

我們可以暫時把生活圈子縮得很小，盡量不去跨越紅線觸犯了禁忌，安分守己力求安泰，但是不能相聚的親人、不能飛翔的翅膀，總是令人忍不住牽掛，揮不去憂傷。

指給你看遠方。

在那很遙遠很遙遠的地方，幸好星星、月亮、太陽都還在。

敬二〇二一！

原載二〇二一年二月二十六日《中華日報》副刊

祈願平安

我久久凝視著這張讓我動容的照片。

小朋友舞蹈表演的最後一幕，她們低下頭虔誠祝禱。

那時新冠疫情正在遠方燎原，我們隔岸觀火，全球各地災情頻傳，病毒迅速擴散一發不可收拾，導致封路、封戶、封城、鎖國，整個世界的運轉彷彿按下了停止鍵。悲憫蒼生，哀哀無告。

凌厲疫情像個照妖鏡，暴露了人性最貪婪、最自私、最醜陋的一面，搶奪口罩、糧食、防疫物資。國與國之間也相互較勁劫掠，預訂好的口罩和防護衣，竟也能在飛機跑道被截走，上演另類橫刀奪愛的戲碼，真是令人嘆為觀止。謊言、欺騙、狡詐、叫囂、傲慢、敵視……，總總惡行讓人咬牙切齒痛恨不已。

此其時也台灣全民戴口罩，緊緊守住國門把病毒擋在門外，恰似百毒不侵，大家仍能過著正常的生活，上班的上班，上學的上學，旅遊的旅遊，一方淨土彷彿是與世無爭的世外桃源。

我們很幸運沒有經歷那一場鬼哭神嚎火焚煉獄般的日子，以為得天獨厚，以為保護罩做得萬無一失，然而過度自信自滿的結果頓失了警戒心，果然讓病毒趁虛而入。這一波疫情來得突然，其勢洶洶讓大家措手不及飽受驚嚇，每日追著疫情指揮中心的直播心情起伏，一波未平一波又起。

疫情嚴峻，一延再延的三級警戒，大家都盡量宅居在家，直接影響了許多行業的生存，關店休市，有的更直接倒閉或停損止血。很多家庭的經濟樑柱已停工多時，面臨生活的重大壓力，政府釋出的各種賑濟紓困都只是杯水車薪。

在大家情緒緊繃、群情激憤的時候，我最不想看的就是政治口水網路流言。只想關心大家要怎麼度過這寒冬。

幸好面對生涯的嚴酷考驗，大多數人還是能夠堅忍的咬牙一肩扛起。緊張嚴峻的疫情訓練出靈活的思維和應變能力，各行各業都想盡辦法調整營運方針，力求在絕處尋得一線生機。

感謝人間仍然有天使，善美可敬的情操依然是亂世的芳草。

危急疫情當前，醫護、警消等等第一線人員艱苦抗疫，為我們負重前行。也有熱血熱腸的人間菩薩送餐、送飲、送救命的醫療器材，更有民間企業溫暖捐輸購買疫苗解救國人於危厄。有這樣的善良本心、人間最美的風景，相信必能平安渡過這世紀災難，回復正常的生活。

「豈曰無衣，與子同裳。」

「山川異域，日月同天。」

「青山一道同雲雨，明月何曾是兩鄉。」

這些美好詩句深深觸動了我的心，民胞物與的襟懷令人感念動容。

再俯首凝視照片上幼小純真的童顏，忍不住想要把他們緊緊的抱個滿懷。為了下一代，我們更要善良，更要真誠，更要寬容，更要有愛。

親愛的寶貝，請你們一定要相信，爺爺奶奶、叔叔伯伯阿姨們會盡最大的努力來保護你們，許你們一個安全無憂的成長樂園，一個美好光明的未來。

寶貝，我們一起加油！

原載二〇二一年九月十日《金門日報》副刊

燈塔

對於燈塔，我彷彿懷抱著莫名的情愫，像仰望巨人，有著一種崇仰依戀的情懷。燈塔，常是屹立在海岸危巖上，孤獨、寂寞，遙遠不可親近，卻又光明、溫暖，彷彿母親張開雙臂，迎接迷途的孩子投入她的懷抱。

或許是內心一種不切實際的浪漫想法，總覺得燈塔和航行、和流浪有關。遊子遠行，揮別熟悉的港口，志在遠方。

等到有一天，江湖行遍，累了、倦了，但覺一身寒涼伶仃，心心念念的只是故鄉故里、故人故情。紅塵多風雨，燈塔，便是指引的一盞明燈了。

聽過許多感動人心的故事，想著守燈塔人的孤寂和堅忍，燈塔更添神祕的色彩。因之旅行時每到一個港口、海灣，我便會特意去尋找燈塔，懷著崇仰的心情仰望她，心中常是澎湃激動的。有時也努力的攀爬到頂，隱隱的彷彿想要解開某個塵封的密碼。

也常想起一個熱愛燈塔，已經遠行的故人。

原載二〇二一年一月十六日《中華日報》副刊

簡單

簡單就是美。

簡單，不蔓不枝，不繁不複。簡單的衣著，不華麗，不怪奇，沒有太多的點綴裝飾，乾乾淨淨，舒舒服服。簡單的情感是本真，不虛矯，不誇飾，少了爾虞我詐，人際往來單純明白。

大概是因為這個世界太複雜、太炫麗、太五光十色令人目不暇給了，許多人毅然從煙火繁華處轉身，轉而追求極簡的生活。

簡單的生活是減法。減去披披掛掛繁文縟節，返璞歸真，一派天然。不需要矯揉造作戴著假面具應酬，這樣過日子會輕鬆許多。簡簡單單，活著不累是一種幸福。

有個崇尚極簡生活的作家，離開城市搬到山上去，離群索居，說是為了淨心養性。一間磚牆瓦舍，居室簡陋，器物也力求能簡則簡，把很多東西都捨棄了，或捐或送，只留下最需要的，去繁就簡。像衣服，只留下幾件足夠換洗的基本款。像碗盤，只留下一碗、一筷、二個盤。她一個人生活，不需要太多。

最後對著兩個杯子猶豫了很久，捨，或是不捨？留與不留間，心思千迴百轉。最後是決定留下了，她說：

「一個杯給自己，一個杯為朋友。」

椅子也是，其一給自己，其二留待朋友。

看了她這樣寫，覺得真是斷捨離得十分徹底，很是決絕，凡人是做不到的。只不知幾年過去，後來有沒有把捨去的東西再買回來？例如碗和盤，和衣服。

一床一桌二椅一個碗兩只杯子，一個人，或再加一隻貓、幾本書。

極簡的生活。

讓我想起梵谷在亞爾黃色屋的房間，也是一床一桌和兩把椅子。那第二把椅子，是留待他的朋友高更嗎？

梵谷畫椅子。畫裡豔黃明亮的色彩在時間的積染下逐漸沉鬱了顏色，留下情感的重量，以及藝術不可丈量的高度。

現在有些文青小旅館複製了梵谷的這個房間，極簡風格，擺設和色調都力求相似，牆上也掛了擬真的相同的畫，重現畫家作畫時的場景。據說市場上頗受歡迎。

這樣的房間簡單嗎？

一點也不！

簡單的是物，複雜的是心境的起伏轉折。住在這樣的房間，我不相信你不會想起梵谷波折的一生，以及他腦海裡的波濤洶湧星月流轉，如燃燒的火焰。

情感和藝術，都不是三言兩語可以簡單詮釋的。

原載二〇二一年九月二十日《金門日報》副刊

書與我

每日一物。

一天一格，我這樣開始整理書櫃。

那是因為看了一位作家的書房，所有的書架都空了，只剩下一瓶酒和一架大鋼琴。他把所有的書都捐了，我因此下定決心清理藏書。

住了二三十年的老房子，值錢的沒有，最多的便是雜七雜八的圖書和過期刊物。許多書注定不會再看了，有些已陳舊，有些知識已過時或謬誤必須校正更新。而且現在網路資訊漫漶，什麼疑難雜症只要上網敲幾個鍵便可迎刃而解，除了教科書誰還會認真的捧起書來讀？多數年輕人要看也只看平板或手機，下載電子書。只有心中住著老靈魂才會戀戀紙本印刷和手寫文字的溫度和潤澤吧，彷彿那些字裡行間能夠流溢出滿滿的情感。

半個世紀以前我負笈北部，阮囊常是羞澀的，卻節衣縮食一有零錢便貢獻給了書店或舊書攤。那時台北重慶南路書店一條街，書香滿溢，文星書店的口袋書和商務印書館的「人人文庫」一出現立時熱銷，文庫版本蔚為風行，因為攜帶方便閱讀容易。我的零用錢一半花費都在那裡了，常常在週末去文星書店搶購特價書，搶得慢了有時只剩孤本或缺三少四湊不齊全套。檢視書櫃，幾十本薄薄的文星叢刊已經書釘鏽蝕、書頁離披，我只留下九冊當年開我心智又切合今日疫情現況的《十日清談》，其餘都打算要捨要捐了。

有些很珍惜的書卻早已失去了蹤影，例如從創刊號到第六期一整套的《詩・散文・木刻》，那是我認為最美的文學期刊，珍藏許久後來不知去向。例如一本紅色布面精裝的《泰戈爾詩集》，裴譯，是我最愛不釋手的書，案頭常駐，滿是手漬和雜亂的隨筆註記，如今卻只剩一塊書脊的殘破書皮，書身不知何處去。這些失蹤的書想必都是朋友借走未還，以前覺得痛惜，現在卻已釋懷，書就是要有人讀，有人借走而且捨不得歸還，這算得上是物盡其用的好事了。

紙本書保存不易，有些更早期的印刷品大抵都紙張脆薄，或遇潮或蟲蠹，歷經歲月侵蝕就像美人遲暮，面目已非，也只能狠心的揮揮手一嘆而別。有人說再過十幾二十年，紙本書奇貨可居都成珍寶，甚或幾千幾萬年之後，發掘出的化石會有斑爛的書痕字紋，這或也是一種美麗的哀愁。

其實我是寶愛書籍的，捨，不是拋棄，而是讓它去到該去的地方。我想每一本書都有它的命運，有它的歸路。

東京的神田古本街吸引許多書痴去尋寶，我也想念以前台北的牯嶺街，留下青春的書香記憶和黑手印。現今傳統書店經營不易，二手書店更甚，我無法想像有一天這些書店會從這個城市消失，不景氣的書市實在令人憂心。

你問我，清理出來的書會去哪裡？我想不是捐了就是送了，不會讓它流離失所。正好有個朋友經營二手書店，聽說經常踩著一輛小貨卡，行遍各個回收場，卻每每空手而回。我打算把整理好的書裝箱，一大早趁著店尚未開門，偷偷的送到他的店門口，只留下一張無名氏的字條。

寫到這裡你應該相信我是真正的愛書人了，清理書櫃是因為愛書，為了讓書和愛流轉出去。送出的每一本書，都希望有人閱讀。

理好了書更要清理心田，清出積累的塵泥煙霾，讓心境更開闊、更清明，看見雲影天光，在這疫情肆虐充滿變數的時代，簡單生活。

一本書一枝筆一杯茶，展卷風簷下。

原載二〇二一年九月三十日《金門日報》副刊

芒果成熟時

芒種過後，各樣品種的芒果便依序上市了。

最愛水果攤排列整齊或堆疊如小丘的各色水果，這是季節的容顏，依時令準時來報到。色澤的豐美，形狀的瑰奇，光只凝目欣賞都覺心滿意足。也特別喜歡以各種上市水果來感知季節，例如春天的草莓，例如夏天的西瓜和秋柿冬橘，例如看到文旦就想到中秋月圓。吃過了荔枝夏天就來了。

我超愛芒果的，每年都期盼芒果季節的到來。尤其是愛文芒果，特有的香氣和甜蜜滋味、美麗的果形、嬌豔的色澤，真是叫人喜愛。朋友知道我喜歡，總會惦記著送我愛文芒果。

菰先生一早傳訊給我說今天芒果車會來，幫我留了芒果。

「菰」是個奇怪的姓氏，所以印象特別深刻。他說祖先本姓「辜」，是戶政人員寫錯了，因為特殊也就將錯就錯不想改回去，變成獨特的姓氏也很好。

每年芒果和芭樂的產季，一星期有兩天，菰先生的發財小貨車會停在家附近的路口。自己的果園，非常用心經營，因友善農園產品質優物美，很快的被搶購一空，我晚起經常買不到，所以互相留了訊息，他來的時候就會傳訊給我，或直送到家。

夏季正是許多水果的產季，卻經常颱風來襲，我想他一定也會受災的，經常替他擔心。

「還好啦！」

他說他的山坡地不淹水，風也灌不進去，颱風或水患都不會有任何的損害，天佑善良勤墾的人，好人總是會有福報的。

芒果於我也算是別有情懷，是童年生活十分重要的一部分。那個年代沒有愛文芒果，鄉下地方不管庭院或路邊到處都可見到芒果樹，是那種個頭小小、味道特別芳郁的土芒果，是童年的滋味，走到哪裡都忘不了。

土芒果大約成熟在六月，夏天多風雨，午後的雷陣雨常常先颳起大風，一時天昏地暗飛沙走石，小孩們立刻相招吆喝著飛奔到種了芒果樹的行道路，熟的、未熟的芒果一顆顆隨風砸落，沒多久就撿了滿滿一袋子。

懷想至深的則是老家門口外婆手植的一棵芒果樹。剛種下時是一棵果核育成的幼苗，高未盈尺，外婆邊種邊說：

「長大結了芒果給阿孫吃，阿嬤是吃不到了！」

芒果幼苗種下到結果大約要七、八年時光吧，小樹一天一天長成了大樹，結實纍纍，小孩們天天抬頭仰望，一日看好幾回，盼望著青青澀果快點長大黃熟。很出乎意料的是這棵芒果並非常見的土芒果，成熟的果實顏色蜜黃有著特別的香氣，甜蜜馥郁，外婆格外歡喜，每年芒果成熟時摘芒果吃芒果是全家最快樂的事。

外婆晚年體弱臥病時食慾欠佳，一生節儉的她常推說什麼都吃不下，不想吃。那一年芒果成熟時，我們把第一批成熟的果實全數留給外婆，告訴她這是她種的喔，她竟然胃口大開吃得很歡心。芒果季節的尾聲，我到處去尋找晚熟的芒果，買回來給外婆吃，外婆不疑有它，直說今年的芒果長得真好真多啊。一直到九月底十月初，真心感謝這季節尾聲的「九月檨」。

菰先生告訴我再採收幾次芒果季就要結束了。吃完芒果，夏天也就走遠了。

原載二〇二一年十月五日《金門日報》副刊

晚安咖啡

夜有點深了。

煮了一杯咖啡，想要再看點書，聽點音樂。即便是坐著發呆也是無上的享受，我喜歡這樣的夜晚。

都說晚上喝咖啡影響睡眠，但蒼白的生活裡總要有幾分任性、幾分隨心所欲。晚睡，就晚起吧，明日無大事。

平常我只在早上喝咖啡，早餐的一杯咖啡對我來說是很重要的，不喝就頭痛一整天。有個醫生朋友說我是咖啡癮了，我說不是的，原就經常偏頭痛，咖啡是我的頭痛藥，寧喝咖啡不吃藥的。這實在不是個好習慣，朋友如是說。

喝茶有時也能救援。案牘勞形，眼花頭痛欲裂時，一杯溫熱的茶湯下肚，十分鐘就能緩解。喝咖啡就更快了，三分鐘立時見效。難怪以前的人們把咖啡當藥喝，鎮守北疆的日本藩士拿它治風濕、解風寒，發展出「藩士咖啡」，今日看來都成傳奇，成了典藏館的故事了。

不管喝茶或喝咖啡都是有進階版的，茶從一斤三百元的「天公茶」喝到金萱、珠露、凍頂、雲霧，直到排隊都買不到的極品高山茶就停手了，不能再這樣土豪下去，把嘴養刁真是一件罪惡的事。

咖啡就從曼巴喝起，把豆子調配到自己喜歡的比例，再從耶加雪菲晉級到莊園豆酒桶蜜處理，在克制和自律裡尋找自己的平衡和樂趣。

當然啦，如果你是喝酒一杯倒、喝咖啡一口睜眼到天亮，那就另當別論。生活清清如水也是一種選擇，一種淡然自在的幸福。

J告訴我，他現在每天早上煮咖啡。

因為買了一套工具：溫控壺、小秤盤、濾杯組。而且買咖啡豆時，包裝上註明了標準工序：豆子的重量、水溫、水量……，照表操課，要煮出太難喝的咖啡怕也不容易。以前的他，可是丟進一顆膠囊一分鐘煮好五分鐘喝完立刻上班去、聊勝於無的那種人。

F剛好相反。

他以前煮咖啡龜毛得不得了，每個程序都要很精準、很講究，水質、水溫就更不用說了，絲毫馬虎不得，還自己烘豆。那時我最大的享受就是去他家，或他回來，用心煮一杯咖啡給我，那真是咖啡不醉人自醉了。後來也因為工作的關係，一早出門沒時間煮，晚上回來又怕喝了輾轉睡不好，哩哩扣扣的咖啡工具就都收進櫥櫃了。日常只有便利店買一杯，或星巴克即溶將就將就，假日有閒才上街去尋一杯好咖啡。

我煮咖啡的手法都是從F那兒學來的，但不講究、不龜毛，正像坊間流行的創意料理，一切隨心隨興，信手拈來，好喝自是歡喜，不好喝嘟囔幾句還是喝了下去。

唯獨早年用虹吸壺煮咖啡有個怪癖，不去管煮出的咖啡好不好喝，卻十分在意最後的咖啡渣是否形成一個小山丘。如果煮成的咖啡渣像一球冰淇淋，形狀完美，就會覺得今日是好日，心情愉快！

夜深了，鋼琴曲輕輕流漾，書香咖啡香沉溺了我，安靜恬適。一隻貓。

寂然，欲飲一杯否？

原載二〇二一年十月十七日《金門日報》副刊

荔枝紅

小女孩Mo送給我一幅畫，是荔枝。

她說今天媽媽買了荔枝，真好吃，所以把它畫下來送給我。

荔枝，也是我喜愛的水果之一。端午到，荔枝紅，正是吃荔枝最好的時節。

對於荔枝最早的印象是童年時鄰居家的兩棵巨樹，樹形高大優美，每年結實纍纍，成熟時豔紅的果實串串垂掛，壓彎了枝條，但是美則美矣，卻非常酸，酸得人牙根發軟，嘴饞的小孩也只能望果興嘆不敢去摘來吃。奇怪的是這兩棵酸荔枝樹一直活得好好的，沒有被砍掉，大概是因為華蓋亭亭，長得的確夠美吧。

真正喜歡吃荔枝是在改良的「黑葉」品種上市之後，這種荔枝果肉厚實清甜，很博大家的喜愛，每每獨享一串，吃得汁水淋漓、口角生津，十分滿足。後來又有「糯米」、「玉荷苞」上市，年年端午吃粽子、啖荔枝，真是人間至味。

荔枝產地除了台灣，嶺南粵中也盛產。最知名的當屬廣東增城的「西園掛綠」，自清朝即為貢品，物美而稀，是十分珍貴的品種。玫紅果實上一條綠帶貫穿到底，據稱是增城人何仙姑得道成仙後猶念念西園荔樹，回來遊玩離去時遺下的綠絲帶，這則美麗傳說為西園掛綠平添無數神祕色彩。

聽說最純種的西園掛綠量少而貴，競逐的人多，常常賣到不可思議的天價。有一年一顆西園掛綠竟標出五十五點五萬人民幣的超高天價，簡直瘋狂。後來這顆不到二十克的珍果被六個人分吃了。大家好奇，他們怎麼吃的？據說是這樣：

「小心翼翼地用刀片打開荔枝果皮，取出果肉，分成六份，一人一小口吃了。」

聽了忍不住想笑。什麼味道？不過就是一顆荔枝罷了！吃了也沒成仙。

還好他們是吃了，而不是像那位標得頂級白松露的義大利人，把松露鎖進保險箱，等約了朋友要一起品嚐時，卻發現早已朽敗如糞土。

我想標得天價珍果的暴發戶也並非真愛荔枝，只是顯擺炫富罷了。

真愛荔枝的除了我，還有蘇軾和楊貴妃。Mo說，還有她。

東坡詩云：

日啖荔枝三百顆
不辭長作嶺南人

真的嗎？三百顆？那我真要甘拜下風了。這樣吃法不吃得舌腫唇破才怪。而楊貴妃恃寵而驕，要求每天吃到新鮮的荔枝。殊不知荔枝保存十分不易，一旦離枝，一日變色，兩日變香，三日變味。唐玄宗為了討好愛妃，就命人快騎從千里外的嶺南專程送荔枝到京師，正是：

長安回望繡城堆，山頂千門次第開；
一騎紅塵妃子笑，無人知是荔枝來。

為博美人一笑，累死多少苦命的騎士和駿馬。

而我得了Mo畫的荔枝圖，回報以荔枝的故事，不知十歲的小女孩聽懂否？

原載二〇二二年五月十八日《金門日報》副刊

讚蘿蔔

冬天，又到了吃蘿蔔的季節，真好！

值此冬日蘿蔔盛產，菜市場裡蘿蔔成堆，我的餐桌上也餐餐蘿蔔，令人吮指讚嘆。

一般的說法都認為蘿蔔可消食、化瘀、理氣、化痰止咳，所以才有「蘿蔔出，氣死大夫」的民間俗諺。小時候咳嗽、喉嚨痛，外婆總是拿蘿蔔切片，淋上一圈一圈的麥芽糖，靜置一刻鐘讓它出汁，清香甜蜜的蘿蔔汁，對化痰止咳鎮痛的確有緩解療效。後來兒子若感冒咳嗽我也依法炮製，這道香甜蘿蔔汁就成了家傳偏方。

現在市場上大概經年都可以買到蘿蔔，不是盛產期的夏、秋季節，蘿蔔仰賴進口，有韓國、日本、大陸和東南亞產的，買過幾回，除日本產的較為適口外，其他都堅硬無味不好食，我還是只喜歡台灣蘿蔔，微辛，微苦，甘甜有味，餘韻無窮。蘿蔔真是好食材，可以生食、或炒或燴或做湯，簡單料理就很好吃，和烏魚子是絕配，燉個排骨蘿蔔湯也很清鮮爽口。

最喜歡的則是把蘿蔔削皮剖半，在電鍋裡清蒸，熟透後盛起裝盤，淋上蠔油，撒一點青蒜葱花，鋪上海苔絲、櫻花蝦或XO醬，即使佳餚滿席，也總被搶食一空，是每年必備的年菜，很能消脂解膩。

我還愛淺漬蘿蔔。把蘿蔔切成條狀，加薑片，抓鹽變軟放置半小時，再以冷開水洗去澀味，然後調上高粱醋、二級砂糖，裝罐放冰箱，幾天後就可以食用了，是餐桌常備的小菜。蘿蔔幾乎是整株可食，蘿蔔纓、燉蘿蔔削下的厚皮，我也不丟棄，把它拿來清漬，同樣好吃。甚至做蘿蔔糕或煮蘿蔔鹹粥，也都不削皮整顆洗淨切絲直接料理，更覺甘香有味。

日本也是個愛蘿蔔、天天吃蘿蔔的民族。初到日本，看到鹿兒島物產館半人高的薩摩蘿蔔，不識日文的我讀著標示的名稱「大根」，簡直笑不可仰，真的好大一根，名副其實的一大根。

以前每到日本我都會買回醃蘿蔔，從黃蘿蔔、千枚漬到米糠醃的、味噌漬的都喜歡。最愛的則是京都「西利」的剖半淺漬蘿蔔，白得近乎透明，微酸，微甜，微鹹，滋味剛剛好，可以拿來當零食吃。一到京都，常常立刻就買了幾條放在商務旅館的冰箱裡，玩了一天回到旅館，拿起它啃幾口，甚至拿來配啤酒，口感爽脆，心情大好。

奇怪的是「西利京漬」本店、分店幾十家，偏偏只喜歡嵐山的那家分店，可能因為帶了山水的靈秀氣息，也可能因為就是喜歡這種執著的情意，尤其春天櫻花開，非得特意跑一趟嵐山，惹得一身花香，買回的淺漬蘿蔔簡直就是人間絕品了。

小時候家中務農，但是不種蘿蔔。倒是在台南女中讀初中時，佘老師教我們種菜，現今藝術館的那塊地當年是我們的菜園。我種了一畦白菜、兩棵蘿蔔，白菜撒下種子兩星期便可收成。種蘿蔔時我用手指挖了兩個小洞，各埋下兩粒種子，種子都發芽了，咬牙狠心除去多餘的小苗，只留下兩棵。天天放學後去澆了水再趕著搭火車回家。蘿蔔成長的過程頗多期待，常常忍不住挖開土偷看，看它長到小指頭粗，長到手腕粗，長到小腿粗，然後拔下來讓老師打完分數才帶回家。書包裡沉甸甸的兩顆大蘿蔔，讓我一路歡欣雀躍不已。

「冬吃蘿蔔，夏吃薑」，這是朋友教給我的養生守則。

冬天的蘿蔔，更是讓我心中滿溢著幸福的感覺。

原載二〇一一年一月三十日《中華日報》副刊

秋意

每隔一段時間，那個熟悉的研究問卷就會來問我，像郵差按時來敲門：

「你最近有沒有發燒？」

「有沒有咳嗽？」

「有沒有打疫苗？」

「打幾劑？」

「你會刻意避開人群嗎？」

「昨晚你住在哪裡？」

「和幾個人一起睡？」

「你會不會擔心下個月的家庭經濟？」

「你會不會擔心下個月有沒有食物？」

「你相信政府嗎？」

⋯⋯

⋯⋯

窗外急雨驚雷，掃除了烏煙瘴氣，彷彿撥開一杪雲翳。

連續幾天的大雨，蒸蒸溽暑的氣溫降了下來，早晚有些涼意。就快立秋了。

不只是節氣變化，生理和心情好像也有了轉折，對於自然運行的感知更加敏銳，隱隱然有著某種蠢動和期待。

整個夏天，或許因為天氣，或許因為處在後疫情時代生活的種種鬱悶和不確定，總是有著微微的、惶惑的、潛意識的不安。

這種不安卻又十分飄忽，不想去捉摸，不想去碰觸，不想去確認。但是茫惑不安是確實存在的，小心藏躲，私密幽微。

我刻意的忽視，卻又時時戒懼。

整個夏天，我去了很多地方。然也不過就是幾十里、幾百步或幾百米。

不能遠遊，像折斷了翅膀，像貓追逐自己的尾巴，我追影子，躑躅踱蹀，鬱鬱寡歡。

想要看人，想要看花看樹，想要看山看海，想要看看這個世界到底改變了什麼，有什麼在暗裡偷換了？

只能等待秋天，等待秋涼的平心靜氣。

秋天的我，會是平和、平安、平淡而且安安靜靜的。

安安靜靜，不急不躁，不憂不傷，不必提著心虛虛浮浮的過日子。

安安靜靜，先把書桌清理好，把衣物安排好，該捨捨，該棄棄。簡單才是美麗。

❦

車停在很遠的停車格，我走路去市場。

橫過馬路，穿過小巷弄。

晴陽帶點蜜黃，彷彿有檸檬味，柔柔暖暖，不會把人逼出一身汗。

一陣風捲起了落葉，掀起飄揚裙裾。

秋天的風，是個頑皮的小孩，忽而向東，忽而向西，遊戲著來來去去，吻了我的臉，又拍了我的背，然後忽哨著飛過了樹梢。

一堵紅牆，秋風在上面畫圖，墨色淋漓斑斕。

一條迤邐紅磚道，秋風在上面寫詩，長一句，短一句，擲地鏗鏘。

我走過秋天的街道，到市場去。

遇見曬太陽的貓咪，遇見啄食的鴿子。遇見很多樹，在秋風裡跳舞。像一幅白描的速寫畫，一路風景如映象歷眼。

市場裡紅橙黃綠紛陳，飽滿的幸福顏色。黍稷新熟，空氣裡有一種好聞的米糧芳香。南瓜、秋葵、大白柚、水梨、蓮藕、紅柿……林林總總全都是秋天的誘人豔色。

經過轉角廣場時，一個街頭藝人正在彈著吉他，音符在風裡旋轉跳躍，吱吱喳喳又推又擠很熱情很賣力的演出。有些音符出走了，說要跟著秋天去旅行。有些音符旋著舞著，一個不小心跌坐在地上。

我停佇在路口，左顧右盼尋找出走的音符。音符是淘氣的小孩不回家。秋風吹亂了我的頭髮。

晚來的風帶著不知名的花的香氣。秋葉飄零，揮手告別的姿態竟是如此美麗。

入秋了！

原載二〇二二年八月十三日《中華日報》副刊

粥記

是秋天，讓人變得清淡了嗎？

秋天的樹，黃葉落盡，不披不掛，昂首向天。

秋天的人，洗去鉛華，眉清目揚，本色純真。

本色、本真、本我，終究是最美好的心意。

秋天最宜淡，宜白，宜清簡。

人也是。事與物也是。

所以，我在秋天拋卸繁絲雜縷，拾回單純明淨的身與心。而且迷上了清清爽爽淡薄一味的白粥，常常在晚上熬一鍋細綿清粥，幾碟小菜。淡薄，是秋天最美好的滋味。

有一年，也是秋天，走在上海出版一條街紹興路，夏天綠蔭蔽天的梧桐樹，一陣秋風吹起，黃葉紛紛飄落。短短幾百公尺書香墨色淋漓洇染，洗去些許城市的浮華煙塵。

不經意走進攝影名家爾冬強開設的漢源書店，尋了窗邊的座位窩進沙發裡。這兒太舒適，據說昔時張國榮也喜歡的，每到上海必定到訪。書店的書不多，但都經典好看，大都是攝影、建築和美學的書，點一壺茶，挑幾本書，就可以窩一個下午。

看書看到肚子餓了，店裡只供白粥和鮮肉小餛飩。端上來的白粥用細瓷大碗裝盛，再幾樣花生、雪菜、百頁、腐乳，清簡至極。在秋陽映照的窗邊，品嚐這樣一碗白粥，薄淡的滋味竟是如此美好。

有時一葉梧桐飄落，彷彿就要掉進碗裡，隱約叮咚一聲，秋色秋聲都有了。

後來白粥沒了，換成三明治。

再後來漢源書店也沒了。紹興路我就不太想去了。

今夜露白。

白露過了就是秋分，秋意日漸深濃。微寒秋夜，喝著眼前白粥，溫潤滿懷，也格外有一種清心詩情，腦海裡不期然浮現一個粥會的畫面。

那是戰後，楊逵在他的台中農園常有文藝雅集，與文化青年、藝文人士交流密切，演劇、談文論藝也臧否時事，逸興遄飛，談到忘情忘歸還供膳，有什麼就吃什麼。有一次來了幾十人，時值戰後，物資極度匱乏，拿什麼來接待這些文人雅士的飲食所需呢？巧婦無米無餐具，據說是楊逵糊了小花盆作碗，夫人葉陶採集野菜煮粥，供應幾大鍋的野菜粥，賓主盡歡，蔚為奇景，更是文壇佳話，也儼然是光復後第一次的藝文大會了。那場景讓人感動，想像的畫面也一直留在腦海裡，食粥時就會想起。

原載二〇二一年十一月二日《金門日報》副刊

門前一棵楊桃樹

童年時我家庭院的路旁有一棵楊桃樹，長得很高大，開很多花，結很多果。但是沒有人摘，因為很酸。心中一直有個疑問，結這麼酸的果子的楊桃樹，為什麼能夠一直活在那兒？而且長得枝繁葉茂，年年開花，年年結果。

我幾乎每天經過一戶人家，相熟的朋友。他家和我家一樣，沒有庭院，但他想方設法，在門外搭花架，種花種草，還種果樹。樹與花都很盡責的依節令開花結果。

在門牆邊生長的一棵楊桃樹也結果了，瘦稜稜的枝條上掛了幾顆小小的楊桃，在風裡搖搖晃晃，叮叮咚咚，像風鈴。其實，這棵瘦小的植物哪裡能稱做「樹」呢？委委屈屈的窩在牆角，不見枝幹，抬頭瞇了眼仔細尋找，才會發現它是和一些藤藤蔓蔓纏夾在一起的，很委曲求全，卻不忘記自己的本分。

一兩個月前吧，路過時看見它開了花，細細小小的紫紅色花朵，竟也引來蜂蝶營營碌碌忙著傳花授粉，終於結了果。小小的星星果像風鈴一般掛在枝頭，風來歡笑的搖搖擺擺東藏西躲，像在捉迷藏，也彷彿不斷的提醒過往的人們，別忘了它是一棵楊桃樹喔！

我也不知朋友家的這棵楊桃樹，結的果子到底是酸的還是甜的？不見有人去摘它，成熟落地，或掛在枝頭成為鳥雀的食堂。小小的楊桃樹一直在那兒，年年開花，年年結果。四時遞嬗，也有可觀的小小風景，為都市蝸居平添許多顏色。

楊桃樹上還掛著一個小南瓜，猛一看還以為南瓜藤蔓爬上樹，結了果。我從去年冬天看到現在，每次經過都要抬頭仔細的望上幾眼，看它紋路鮮明活生生的很有生機，不像離枝。

有一天，朋友見我路過叫住了我，問我要不要這顆南瓜。

「聽說很好吃的，送給妳吧！」他說。

我說不啦，留它在樹上招搖。

我還是經常路過，每次都要抬頭望一望。今天再經過時，看到掛著的南瓜搖搖欲墜，破了一個洞，像開膛破肚露出了裡面的種子。

真可惜了，如果它掉落在土地上，應該也能繼續繁衍，長出更多的南瓜來。

天使翅膀

小女孩Mo傳給我一幅畫，她說是在課堂上完成的，畫的是城堡和一個女孩。

「哇！那城堡、那圍牆，真是畫得太美了，老師一定很誇獎妳吧！」我說。

「我的主題是撐傘的女孩，城牆不重要。」

「可是城牆真的很棒呀！……」

Mo一直說著那長了翅膀的天使女孩，她撐著一把傘，傘上站了一隻可愛的小鳥，也撐著小小的傘。一群小鳥兒排了隊正要飛出去。

「小鳥兒要飛去哪裡呀？」

「去找寶物，還要去幫助善良的人們。」

是的，城牆不重要。Mo的腦海裡有一個自己的美麗世界，和一顆閃亮的星星。

同事B告訴我一個故事：

前不久，C城有一場十分轟動的演唱會，梅奔！

她和許多人一樣喜歡這個歌手，也希望能有機會去聽一次演唱會，但因為票實在太難買，生活的繁雜瑣事也讓她沒敢痴心妄想，不想浪費精神去做無謂的期待。

未料在演唱會的前一天，她的朋友因事去不成演唱會，願意把票轉讓給她，這是天上掉下來的好運，讓她喜出望外。迫不及待的回家把好消息告訴老公，希望能夠前往。

先生說，如果能把小孩搞定就可以去。算是答應了。

她費了心力和四歲的兒子溝通，答應給他買玩具，答應帶他去兒童樂園……告訴他這是媽媽最想要做的事，希望兒子能夠幫助媽媽完成夢想。

兒子同意了。

她興高采烈的準備行裝，就要出發去搭車了。先生突然寒著臉說：

「不准去！」

突如其來的變天，她驚跳了一下，愣住了。但仍不放棄的再三向先生爭取：

「就一個晚上，我快去快回，一定搭明早第一班車回來……」

結果去了嗎？

她沒有回答。只是在別過臉去的時候不小心滑落了一滴淚。

女人，不管十八歲、二十八歲或三十八歲，心中都還住著一個小女孩，有著天使的翅膀，高懸一顆摘不到的星星。和八歲的Mo一樣。

檸檬好酸

突然想起檸檬，想要說說檸檬。

檸檬之為物，說實在真的是不起眼、不討喜，我不知道要把它當水果或調味品？既不能像水果剝開來吃，也不能像蔥薑蒜拿來爆香煎煮炒炸。你說檸檬汁？我知道可以養顏美容加保健，但除了到餐廳用餐點飲料之外，對於飲食向來粗放粗養的我，不會太費心去張羅飲饌煙火事。

我有重視養生而且勤快的朋友，每到檸檬盛產的季節，就會買來大量的檸檬，切片加海鹽甘草醃漬再烤乾，變成泡茶的鹹檸檬片。或者切片裝罐再灌入純正蜂蜜，封罐一段時間後，隨時倒出一些做成冷熱茶飲，據說對身體健康極有好處。

另一位朋友則擠出檸檬汁，簡單的做成冰磚存放，有時冰磚裡還加了薄荷葉或玫瑰花瓣，喝水、喝飲料時在玻璃杯裡加入幾塊檸檬冰磚，即使白開水也變得高檔起來，格外賞心悅目，喝杯水也覺心情愉快。

日昨去假日農市，又碰到那位賣檸檬的果農，再次鼓吹我買檸檬，說是新品種，有極濃極好的香氣。大概是新冠疫情趨穩連日加零讓心情大好吧，拋除鬱悶用了別樣眼光來欣賞，竟覺這些檸檬翠色可人，果農夫妻也親和可愛，結果就提了兩大袋檸檬回家。

這次是下了決心不怠慢的，先洗好晾乾，然後切薄片裝入廣口玻璃瓶裡，再找出放了一年的龍眼蜜，全部倒入，一大罐蜂蜜檸檬就完成了。

這麼簡單的事，就不知以前為何懶得動手，把新鮮檸檬放成了堅硬的石頭，真是太暴殄天物了。

回想起來，我以前可是種過檸檬的，在窗前種了小小一株，不為採果，而是為了花開時的香氣。尤其在夜晚，檸檬花的香氣淡雅幽遠，清芬宜人。

另一個美好的記憶則是有一年去尼泊爾自助旅行，投宿在一個法國女人開設的民宿。土屋泥地，但是乾淨清爽，廣大的庭院像個果園，推開窗結實纍纍的橘子伸手可及，主人說可以摘了吃。也摘檸檬，喝檸檬汁，擠檸檬皮擦在手上驅蚊，那種清香讓人心曠神怡，香氛留在美好的旅行記憶裡。

此刻想起檸檬，也就認真的把檸檬的前世今生好好的認識了一番，知道檸檬平凡卻有大用，曾經是歐陸重要的藥用植物，用以治療遠航患有壞血病的水手。今日則更廣用了，香水、香精、食品、藥用缺少不了它，小小的檸檬值得寶愛珍惜。

因疫情宅居在家息交偃遊的結果，大家無不想方設法安頓身心，幾位朋友不約而同拿起了畫筆，不管學過或初次嘗試，都畫得高興，成果令人讚賞，看了大家分享的畫作，更讓我在羨慕之餘心中蠢蠢欲動。

想畫檸檬，找視頻學著畫了一幅，很療癒，自己看了也歡喜。

小花小風景

下午走過一戶人家，女主人正在門口給花花草草澆水，停下來攀談了幾句。

她是個綠手指，把一園花樹養得十分好看。其實可供她發揮的場所並不大，只有門口的一個小小花圃，但整理得扶疏有致，最大的特點是不貪多，總能依季節栽種適合的花草。

她是很忙的，在家裡開著瑜珈班，還四處去兼課。但晨昏沒課時常常看她忙著園藝，或賞花或整理枝枝葉葉，澆水施肥，該開花的會開花，該結果的會結果，真是神奇。

再轉過街口，是另一戶人家，種的花草更多，從門口延伸到側牆。主人也常買花，開得正盛的花擺門口，花期過後剩下殘枝敗葉就往側牆邊放，偶爾澆澆水，任它胡生亂長，花盆也是各形各色零亂不堪的。遠看有幾分顏色，近看卻滿是俗麗的塑膠花，東插一朵，西插一束。

這是一個城市居大不易的縮影。城市人口密集，房子一棟連著一棟櫛次鱗比，大都沒有花圃、庭院，想要有點綠意花色就只好在門口擺些植物盆栽，聊勝於無，卻又貪多，看到什麼花都想種，種了又不費點心思整理，結果變成了一個說美不美、說壞不壞、想丟又捨不得的城市特殊景觀。我居住的城市所見大都如此。

讓人不由得想起旅行所見。

出國旅行最愛選在花開的季節出遊。歐洲的春末到秋初，簡直是滿城飛花，所有的窗台都花團錦簇色彩繽紛，常讓我流連觀賞不想離去。在日本則幾乎四季皆美，日本城市蝸居雖也大都沒有庭園，卻會在門口擺幾盆花，或一盆，或兩盆、三盆，很簡單，卻是用上心思的，形與色、花與葉皆美。或在窗下種一排朝顏，攀爬上竹架，沒有一片黃葉，沒有一朵枯萎的花，彷彿連生長的方向都經過細心的調整，端的是一種日本精緻美學特有的矜持韻致。

也不禁想起昔日的一位老師，屈身在學校仄隘的單身宿舍，不到五坪的房間，一床一桌一椅再加兩排書架。他在書桌上養一盆國蘭，細長的葉子款款有致，季節到了會開一兩枝淡黃色的花。初夏則在窗台種一盆蔦蘿，小小的一盆，鐵絲螺旋繞幾圈，細細的羽葉，像星星一樣的小紅花，望著望著，小斗室裡彷彿有細碎的輕聲低語。

幾十年過去，那一幕景象依稀在眼前。簡單的一室居，謙謙君子磊落風骨的老師令我崇仰懷念！

晚景

今天下午我去探望一位老朋友。昨晚他打電話給我，說他院子裡的番茄黃熟掉落了，沒人摘取好可惜，要我去摘。

八十幾歲的老人家，勞他打電話來，真嚇了我一跳。

他的老伴也是我們最好的朋友，去年離世了，失去這樣一位朋友大家都很傷心。如今他一個人住一個大宅院，孩子遠在他鄉。女兒幫他請了一位管家，黃昏到來，煮個晚餐，夜裡作個伴以防萬一。

每週的好友聚會是他最期待最快樂的事。但是獨居的老人，有時傷風感冒生個病，有時扭傷了腰腿……，生活的許多不如意不方便自是意料中事。

前些時他看著院中雜草叢生無人鋤，就像往常一樣拿了鎌刀鋤頭奮力工作，結果體力透支躺倒床上就起不來了，住院一個多星期，才真正認清了年老體衰的事實。

驚異他竟然會電話找人，是寂寞吧？

一按門鈴他已等在庭前。

偌大的庭院，花開花落一園芬芳，蔬果結實纍纍，卻也有些雜亂寥落，要照顧這樣的大宅院的確是不容易的。

他帶著我們在庭院裡繞轉，指著這個那個：這石頭是花蓮運回的西瓜石，那是落羽松、茄苳樹，那是不開花的枝垂櫻……這棵梅如果今年開得好再約大家來賞花（我想說花期已過卻說不出口）。

滿園芳菲，太多的回憶，缺了女主人更是令人傷感。

詢問他的身體狀況。他說之前一段時間，白天管家，夜晚看護，但花錢太凶了，實在負擔不起，可又不能不請人幫忙，而且夜尿太頻繁，一夜十多次，誰也沒有鐵打的身子可供折騰，穿紙尿褲也有滲漏的問題。

反正，老病磨人，這是人人最終都得面對的問題。這位老友正面迎上了，也只能慢慢調適，不管自己或家人，都得再三磨合找出最能接受的方法。

向晚光景，人生的路越來越艱辛了。

街角的那戶人家，小小的門前空地擺放了許多盆栽。還有一株金露花，已種植多年，由於地方狹隘，無法任它開枝展葉，主人把它修剪得像一隻伸出的臂膀，從簷下一直伸到路旁溝沿，開著紫色鑲蕾絲的小花，風來笑吟吟，像要拉著人說話。

有時早上，有時黃昏，我路過時會看到一個應是退休年齡的男人，提水澆花，或撒些花肥。盆栽常常隨季節更新，換種各色當季草花。還很童心的插上幾支紙做的彩色風車，在風裡轉呀轉的。也掛了風鈴，隨著輕風叮叮噹噹。

繽紛熱鬧的小花圃，路過時總要多看幾眼。

也常常看到廊下一位老人家，佝僂的坐在輪椅上，眼光追隨著工作的男人。老人很老了，瘦弱的駝著背，已然沒有行動的能力，只能僵坐在輪椅上。

顯然是父子倆，沒聽過他們說話，但畫面是十分溫馨的。

有時早上，老人坐在輪椅上，看看花，看看路過的行人車輛。

有時黃昏，老人坐在輪椅上，曬一點太陽，看一點天光，眼光最常追隨的是他澆花的兒子。

有時老人還有個伴，他兒子在輪椅前放了一張小椅子，椅子上坐一個超大的貓熊玩偶，老人和貓熊相互對望，夕陽照在他們身上。

喜歡看到這一對父子，喜歡看到老人並不孤獨。

深情三章

黃昏有雨

你問我：近況可好？

南北遙隔，再加上事業繁忙家庭牽羈，使我們相聚不易，電話裡的一聲：「近來好嗎？」已是千言萬語，叫人感覺格外溫暖，渾然忘卻人生的淒風苦雨。

說人生，行過其半風雨難免，道是淒風苦雨卻嫌言重了，而且幾句溫言便可抵受？剛剛響過電話，我想不會是你，因為我告訴過你，這時候的電話我不會接。我在黃昏的時候下班，背著夕陽回來，常常感覺晚霞把我染得一身酡紅，皮膚泛著金光，彷彿透明得要滴出夕陽的顏彩。歸途經過一處塭塘，可以看到很廣大的一片天空，有時有雲，有時是晴藍一片。我喜歡多雲的天氣，尤其是像厚棉絮那樣的純白卷雲，即使鋪展在市區水泥叢林仄隘的一角藍天，也有叫人怦然心動的美麗，讓我忍不住想要棄車步行邊賞邊玩走回家。

黃昏的時候回到家，打開鎖了一天的門，取出信箱裡的晚報和信件，換上拖鞋，然後把門閤上，彷彿把工作和疲憊留在門外，只留下輕鬆和適意。

我喜歡獨自擁有的這一段時光，把自己拋進沙發裡，翻翻報紙，拆拆信，讓音樂像潮水溢滿一室。或閉上眼睛什麼也不想，讓身與心都維持在虛空的狀態，如果電話響起，就讓它在似有若無的夢境邊緣一圈又一圈的迴盪。

我不接電話，在某些個怡然的黃昏。

有時下班後開了車直奔高雄，沿著五福四路把車子開得幾乎要撞上壽山了，才左轉到西子灣，正好趕上一輪紅日落海的一刻，屏息以待紅紅的火球掉入大海，幾乎要懷疑曾經千真萬確的聽到「咚！」的一聲巨響，並且等待著它倏地彈跳出水面。

逐漸深濃的夜色，把情侶們緊緊擁抱。夜空下的晚餐，面對著太陽失足墜落的大海，寶藍的夜色，疏落幾點漁火，潮浪翻湧拍岸，彷彿可以舉箸夾起一片夜色或星燈漁火來佐餐。

如果黃昏雨追著我回來，來到窗前，很可能我會小立雨簷下，看著雨絲把兩盆金線蓮洗得潤澤欲滴。很可能我會在瀝瀝的雨聲中落入沉思，悠遊於無何有之鄉。很可能我會在密織的雨幕裡，依稀懷想起生命裡的某一個雨天，或一個會心的相遇。

或者就像此刻，我在小几上鋪紙提筆，給你寫一封短箋，雨絲有多長，就把思念編織得多長。

黃昏有雨，淅淅瀝瀝。

多情城市

「現在的延平老街是不是已被拆得一片零亂？」

電話中你一再探詢，語氣熱切而惋惜。

你從電視和報紙上得知老街終於逃不過被拆的命運，心中難過了好幾天。這份感情和關愛，我想是因為上次你來，我帶你仔細走過一回的緣故，要不然，一個外鄉外地的異鄉人，恐怕就不會有這樣切身的傷痛。

事情算是已事過境遷，新聞炒作的價值日趨淡薄，再過一些時日，整個事件就會被歷史的煙塵所掩埋，長久被遺忘了。我曾經認真的思考過這個問題，延平老街的拆與不拆，其實都有它站得住腳的理由，就看是以怎樣的角度來批判。留與不留，都有人要抱怨跳腳的，官員難為，居民也有委屈，設若是我，恐怕在那樣惡劣的居住條件下，也要棄井離鄉出走家園，任它風雨侵蝕柱倒牆場了。

如今事情已落幕，遺憾也罷，氣憤也罷，都已經無可挽回，只是以後讀史的時候要小心了，不要以為「台灣第一街」就是今天的這個樣子，就像我們的民權路、中正路、大埔街等等也都不是本來的面貌，已經隨著歲月流轉幾經更迭了。

最近我又常到安平去，也慢慢拾回了往昔對安平的一份情感。

大概有兩年的時間，我一步也不想踏進安平，心中十分掙扎，延平老街拓寬之爭浮浮沉沉，安平港的擴港工程則土木大興，機聲隆隆飛沙滿天，豬牛雞犬風雲都為之變色，原來靜雅優美的海岸竟然讓人卻步了。

前些天再去，商港建好了，黑水上泊著幾艘漁船，大環境改變了許多，昔日經常小立看海的橋雖然還在，水道卻已被阻塞，不再能欣賞到漁船銜著落日返航，通過橋下泊進港灣的景色。我想不出水道非得被堵塞的理由，失去了使用的價值，再不多久，這座橋恐怕也要消失了。

幸好安平還有它素樸的美麗，只要沒有太多外力的干擾，一時還不會消失的，這也就是為什麼我一直極力贊同成立安平特區的原因，希望藉由一些保護措施，來減緩文明衝擊的速度。

還要告訴你我的另一個感動。昨天早上到成大去，停車在大學路口等人，不是交通尖峰時段，路上尚未有車如流水馬如龍的盛況，有一輛車遠遠的開了過來，平穩流暢，不急不徐，姿態十分優雅。由於天色還早，曉霧未開，又是極美麗的一條路，羅望子和菩提樹濃蔭蔽天，四周一片祥和寧謐，我看著緩緩徐行的車子向著我來，彷彿揮著手，像熟悉的老朋友在路口相遇，這樣物我相契的氛圍讓我既感動又歡喜，原來物與我可以這樣和諧。原來這個城市竟是如此美麗。

下次你來，我一定要帶你走過這條路，還要去安平海邊看夕陽，看歸鳥投林，再到西濱公路看夜晚亮如鑽石項鍊的燈火。

告訴你這些，你會不會覺得府城有我這樣多情的市民，是她的幸運？

無相之相

親友之中，有許多人愛看相，大至升官發財、田宅房舍，小至出門往東或往西、穿什麼顏色的內衣褲，或是書桌、辦公桌、床位、廚房爐灶的方向等等，簡直無所不問。而且不管是西洋星象、紫微斗數、易經命理、姓名筆劃、摸骨占卜，好像都各有神通，不僅能斷言一生吉凶禍福，而且是決定日常行事的指導準則。

通常人們都是在信心最脆弱最猶疑的時候，才會想要從命理學尋求解釋和依靠，這原是無可厚非的，看到有些人因信而不疑而生出了勇往直前的力量，或是因認命妥協而使憂憤不平的心情趨向平靜和諧，也不禁要為他們感到幸福。

到底命理學可信或不可信，可執或不可執呢？

你給我的一本《占察經》我尚未讀完，對於木輪相法卻已有些領悟。其實要相信命理之說，首先便要相信因果，但是既相信了因果業報，便不必再窮究命理了，因為現世所受的乃前生種的因，今生則是在為來世植福造業。

很多人執迷於玄學命理之說，想盡了辦法為自己排除業障，以求高官厚祿仕途順遂，卻心地不善言行不端，不知不覺又為自己造了惡業。真正的善男信女應該要把木輪相法也放下，管它昨天為什麼和人撞個滿懷、今天無端被飛刃所傷、明天會不會出門不帶傘卻遇大雷雨……種種今生的遭遇，如果都是果報，那麼為求今日的平安以及來世的福祉，便要行事謹慎，種植更多的善因。那麼就只管認真的去生活，不問收穫只問耕耘的精進修行，不荒不廢、不懈不怠的愛人愛事愛物，如此不就是大智慧大圓滿的菩薩行藏？

命理注釋人生，往往相生相剋、相因相乘，或如月之陰晴圓缺，由虧轉盈，由盈復虧，因此盛極必衰，否極而泰來，十年一輪，風水相生相轉。

利名劫，生死關，人生之嚴重莫過於此。利名何價？偃鼠飲河，不過滿腹，要那麼大的川流做什麼？至於生死大事，豁達的人視之如春夏秋冬四時輪替，或如白天黑夜，「太陽下山明早依舊爬上來」。或如上車下車，到站的旅客先下了，珍重再見，今日揮手自茲去，二十年後又是好漢一條，不捨不放傷心則啥？

匆匆人世，猶如宇宙洪荒的一沙一塵，一息一瞬，幽幽魂魄若是來歷劫，那麼就心平氣和的挑擔，若是來遊賞，那麼就任運隨緣瀟瀟灑灑走一回。

過日子的方法其實簡單，用情深淺可以悉憑尊意。萬物大化，天人一元，是至高境界，如果能夠順應自然律則，自自然然舒舒泰泰的作息行止，見花而與花伍，遇群鳥與群鳥飛，有時是雲，有時是水，有時是山岳，有時是蟲魚，無別於宇宙萬物，不把自己拘泥於固定形貌，也不囿於褊狹的命運，如此這般，相本無相，無相而有相，人世一場豈不快哉，還需要談什麼命與運？

你說：做人最重要的原則是心地要良善，不可有害人之心。至於命運，隨它去吧！

是的，仁厚寬宏積善植福，願一生真心奉行。

原載一九九五年十月十日《中華日報》副刊

牆及其他

有一年南下高雄和朋友聚，一起去看左營舊城。

我們東入鳳儀門，再拾級登上古牆。牆上有砲口，可以安置槍手，構築防禦工事。寬廣的步道以赭紅色方磚鋪成，可容五、六人並肩。牆外一彎護城河，遠方則是高高低低摩天接雲的水泥叢林。

左營舊城曾是滿清縣治所在，統領大高雄地區，毀於林爽文事件，修復之後也只剩東西南北四個城門，以及幾段舊牆，幾年前還被某個地方官員拆掉一小段。面對古老的城牆，最易讓人發思古之幽情，也很容易跌入歷史的洶洶波濤裡。

中學時代，學校圖書館後方一堵半圮老牆，一株攀生在牆上的老榕，曾是我織夢的地方。在台南，我曾沿著東門路、西門路、南門路、北門路一路尋找舊城門，除了大南門、大東門、小西門和兌悅門尚稱安好，其餘都只剩遺跡。

有時登上安平古堡，想到熱蘭遮城的興衰，又或在斜陽下看著沈葆楨「億載金城」

的題匾，在暮色裡訴說著歲月的滄桑，每有不勝今昔之嘆。如果再走過延平老街，看到曲折巷弄、傾圮頹牆以及殘留的商號家徽雕飾，則又是另一種繁華落盡的蒼涼心境。

憑弔澎湖媽宮城遺址時，面對一堵軍區圍牆，這樣的感覺更是強烈，故城已無跡可尋，不知樹名的防風林和嬌豔盛開的夾竹桃，在強勁季節風的吹折下狂擺招搖，不解旅人懷古幽祕的心事。

恆春古牆迄今也有一百多年歷史，保留了城門和譙樓，可惜牆已不存。古城門附近有市集，依稀可尋得昔日風景。來到恆春，我常常入東門，出西門，南門北門繞數回，忽忽三匝，彷彿一下子翻過幾頁歷史。

除了這些歷史殘痕，更多的是連痕跡也找不到的九仞宮牆。阿房宮、洛陽城、凱撒皇殿……都早已灰飛煙滅，曾經位高權重叱咤風雲的人物俱往矣。城上談笑用兵的諸葛孔明、戍守邊境的龍城飛將、冀求霸業千秋萬世的秦始皇……於今安在哉？古城今昔，人間興廢，歲月無情令人嘆息。

牆上牆下，城裡城外，衍生出的許多故事許多糾纏，有的悲壯，有的哀惋，有的委屈難平，概括了人性的七情六慾，大至國仇家恨，小至私我的憂喜悲歡，例如孟姜女的眼淚，例如東西柏林的恩怨，城牆沉默不語站在那裡，見證一切。

築牆的心理其實是可以理解的，不外是生命財產的尋求庇護，以及勢力範圍的鄭重宣告。有了牆，弱者小民有如依附在母雞卵翼下，危險遠遠退在三里外。而強勢領導則躊躇滿志，意氣風發不可一世。

君不見古今多少豪傑英雄，戎馬倥傯南征北討，忙著用鮮血把疆界標示出來：「這是我們的領土！」

碌碌生民，營營擾擾處心積慮，把一塊小小的土地用藩籬範圍起來：「這是我們的家園！」

一道又一道無形的牆，把人我分際劃分得清清楚楚，一絲一毫踰越不得：「這是我的，那是你的！」

有形的牆、無形的牆比比如林，一切我執便因此而生。

事實上，何來金城億載？巍峨宮闕插天入雲，最多幾百年，也逃不過衰草牛羊野之嘆。有形的牆，只要船堅砲利戰士驍勇，便沒有攻不下的道理；而無形的牆也有心防瓦解隳落如泥的時候。

築牆之必要與否的確值得商榷，值得發洋洋灑灑幾萬言之宏論，在此姑且不表，只說牆之既已存在，便有它存在的意義。在人類進化史上，在文化資材上都有其重要的地位，牆自歷史走來，它一定能提示我們某些被忽略、被遺忘的環節。

希望歷史在，牆也在，讓古牆鑑今人。

心，在哪裡？

牆，做什麼？

例行的聚會，我回到以前服務的學校。閒談時有人說東面的圍牆又要拆了，眾人議論紛紛，都說，那麼美麗的圍牆好端端的為什麼要拆除？拆了牆校舍直接逼臨馬路，安全和觀瞻都是需要考慮的。

已經拆完一堵北面的圍牆，據說工人邊拆邊罵：

「真是浪費公帑，才建幾年就要拆，早知道當初我就隨便做做，不要造得這麼堅固。」

原來，這位拆牆工人也是幾年前造牆的人，他感嘆當初造得太牢固，以至於今日敲敲打打費工費時難拆除。

那堵圍牆拆完時我也剛好又回到學校，看了心頭一緊、一驚，但也不好說什麼。

「拆除圍牆，開放校園」，這是市府決策。

也不知從什麼時候開始，校園掀起一股拆圍牆歪風，先是風行「好望角」，在沿街轉角的地方拆除部分圍牆做造景，例如台南後火車站前的成功大學光復校區，轉角街景就做得還算好看，透空的部分像窗景一般，行人路過隨意一瞥，便可欣賞到美麗的校園風景，為都市增色。這樣的「好望角」的確是很加分的。

但是「好望角」觀之猶覺不足，繼而興起拆牆風，名之為「開放校園」，各校競相拆牆再造景，花費公帑無數。校園也就無遮無攔的和社區零距離，任何人、任何貓啊狗啊在任何時間都可以長驅直入，校園等於不設防。

之後就聽聞某校一遇假日夜晚即淪為幽會場所，滿校園衛生紙、保險套、毒品注射器，髒亂成災。也聽聞附近民眾車輛開進校園，把學校當停車場或他家後院，勸導無效。

開放校園拆圍牆這項措施我真覺得不妥。如果是牆倒了必須修建，當然可以配合政策不築高牆，改做矮籬或美化造景，這是可行的，也無可厚非。問題是一堵才造不久、堅固如新而且美麗的牆，為什麼非要推倒不可呢？

再說說學校的那座圍牆吧。

我向來是把它當藝術品欣賞的。建築師在設計時很用了一些心思，不管造形或配色都美，還採用少見的花格磚營造出通透感，讓圍牆看起來不那麼冰冷嚴肅。沿牆種了一排蒜香藤，每到秋天粉紫色的花朵爬滿圍牆，綿延百餘米，真像一疋紫色的織錦，為校園增添繽紛花色，在不易栽花植草的濱海學校格外可貴，曾是校園八景之一。這美景而今不存。

拆了牆，就能拉近心與心的距離嗎？

有些首長喜歡砍樹，一到任就大刀闊斧，把滿園大樹砍得面目全非，這叫「氣象一新」。有人喜歡大興土木，例如某校校長臨卸任離去之時，很自豪的宣告他在任四年為學校爭取了一億多經費，其中包括一座立體停車場。我聽了又是一陣錯愕，一個六個班級的市郊迷你小學，村落居民不足二千，四野空曠，需要一座立體停車場做什麼？

原載一九九四年《中華日報》副刊

二〇二二年秋日改寫

想起某日下午茶的談話

霪雨霏霏。

已經一連下了幾天的雨，有時滂沱，有時微雨。窗外一片暗沉天色，心也沉，彷彿漫天烏雲都壓上了心頭。這樣的天氣，你在做什麼呢？

而我，坐在窗裡，愣愣的望著窗外的雨幕，如絲如縷，如羅如織，也如千軍萬馬奔騰，擾亂了思緒。我無言，心腸分明是滾燙的，形貌卻又慣常的淡然冷默，許多話欲言又止，總覺得言難盡意。我們經常在視訊裡一談一個小時，卻好像從未有過深談，某些根深柢固的社會禁忌和敏感話題，容易傷人或自傷的，好友如我們，也不會輕易去碰觸，不踩紅線，依稀有著某種程度的疏離和顧忌吧。

但記得那天我們延續午餐後的下午茶約會，倒是十分盡情盡興的，話題圍繞著中年愛情事件，因為剛好某資深女星慨嘆沒有女主角可演，接演的角色不是半老徐娘，就是婆婆、姑媽、阿姨，因為所有的鴛鴦蝴蝶男歡女愛，女主角都要青春妙齡，秀色可人。

我們接著八卦了一些朋友的風花雪月。A突然笑說她也曾為婚姻所苦，下班後回到家恪盡人妻本分，每天迎在玄關給晚歸的丈夫遞拖鞋、端茶、放洗澡水，有時還得煙視媚行點煙侍候丈夫。先生要求她扮演多重角色，既要是好母親、好妻子，也要是好祕書、好情人。她說這些她都能接受，並要求自己勉力為之，無虧天職，然而卻無法心平氣和曲意承歡的面對丈夫的外遇事件。在她拿定主意把感情放一邊專心在職場衝刺的時候，竟然角色互換，變成丈夫等她的門，追查她的行蹤。她哈哈一笑下了結論：男人都賤，不能太給好顏色；女人要過得好，還是必須自求多福。

真正受苦的是B，我們知道她剛剛結束了一段感情。

兩年，短命桃花。她和他重逢，她歸諸天意，她說他們的情愛由前世纏綿到今生。其實她對他的敬重遠多於愛戀，後來演變成依賴，依賴他來安頓現實生活中的不美滿。兩年，一年天堂，一年地獄，她說。他帶給她最大的快樂，很公平的也帶給她最大的痛苦。百千萬劫難，情海浮沉，她咬牙承受。如今是「嚥不下玉粒金波噎滿喉」，不上不下，倒懸虛掛。

我們也不安慰，只笑她傻，說她不知節制給太多，太多的愛會把兩人都溺死，而且大凡感情上給得多的一方就注定要輸。失戀而能夠這樣嬉鬧便也沒事了，B到底年輕，而且有這一群損友可詼可鬧，是禁得起失戀的。

B含淚笑問，那到底要給多少，要怎樣掂著斤兩，把情愛一分一寸一點一滴的釋放出去，才不虧不損不傷不殘？看看苗頭不對了還可以立刻收線退回原位？

說到這裡眾女狼笑岔了氣，世界上有這樣談情說愛的嗎？要這樣算計，愛情就一點也不浪漫了。但愛情與麵包與權勢與江山孰重孰輕，見仁見智真是說不清楚的，只想問問不愛江山愛美人的溫莎公爵，拋棄了王位之後，真心悔或不悔？

夜雨敲窗，雨越下越大了，想起那日午後的談話，笑聲形影依稀，天馬行空的胡言亂語，最後好像得了一個七與三的結論：你愛我七分，我先還你三分，有幸無災無難發展到最後就旗鼓相當的相依偎吧。感情無對錯，無是非，只在於有緣或無緣。

有人說談情說愛也是在較量手中的籌碼，要棋逢對手。但就算機關算盡，也敵不過「無緣」兩字。七分付出，留下三分給自己，是留得青山，萬一情變雖傷筋動骨至少破碎的心還能修復，死不了！

幾年過去，有情無情也都煙消雲散了。中年輕舟已過，不戀黃昏，幾經紅塵跌宕，會為失去而扼腕嗎？倒也不必了，芳草漸行漸遠還生，許多年之後，所有的魂牽夢縈淪肌浹髓，也都只剩下一幅似曾相識的風景，過眼似雲煙。

原載二〇二三年一月七日《金門日報》副刊

兩岸婚姻路

1.

最近一位朋友的女兒結婚了，嫁給上海男人。

她的這個女兒去英國拿了碩士回來，在銀行工作，留學時的同學給她介紹了上海朋友，在網路上伊來伊去鼠蓋屁的相談甚歡。

有一日朋友說她的這女兒太獨立、太有主見了，竟然自己跑去香港開戶，就為了投資人民幣。

過半年再遇我朋友，跟我說她要去上海了。原來她女兒辭了職，要去投奔上海男友，準備結婚了。她一聽簡直大驚失色，也才知道女兒上次去香港是為了和來港出差的男朋友會面，才不是特為投資人民幣而去香港開戶。

她算一算女兒和這個男人總共相處不到一個星期，就決定「非君莫嫁，非卿不娶」，包袱款款準備跟著男人去了。

她跟女兒說：

「好歹也讓我陪妳去一趟吧，要不然萬一妳被人騙了可怎麼辦？」

據她說，她到上海見到了男孩，寒暄幾句就開門見山的說：

「你說你是復旦碩畢，我怎知是真是假，畢業證書給我看看吧！」

男孩說「應該的，應該的」，立刻恭恭謹謹的把畢業證書奉上。然後是薪水單。月入一萬二人民幣，在外資科技廠服務。

聽到這裡，一大群朋友都瞠目結舌，不敢相信她會這麼猛。

接下來去拜訪男方家長，男主人穿著圍裙親自下廚作菜招待她們。聽女兒說，去男友姑丈家，也是姑丈下廚作菜洗碗的，女人喝茶看報嗑瓜子。

這回是朋友瞠目結舌，驚嘆上海女人真是好命啊，一樁婚事二話不說就答應了。

另一個朋友B，女兒留學約旦，有一個交往了很多年的法國男友，後來不知怎地也嫁給了上海男人。B去他們家，都看女婿洗手作羹湯，再加洗碗洗衣買菜，看了真是不習慣，這個老娘就慨然捲起袖子撩落企下廚去，心裡大概也在哀嘆生不逢時，發願下輩子也要嫁給上海男人吧？

前不久某報也有篇文章，大標題是〈日本女人流行嫁中國男人〉，據說去年（二〇〇九）就達一千五百多對，比前年增長百分之三十，創歷史新高。原因是「金融海嘯之後，中國經濟崛起，中國男人越來越有錢」，而且認為比起「大男人主義、工作狂、無責任感」的日本男人，相形之下突顯了中國男人「愛妻顧家、有責任感」的優點。我不知道在日本女人所嫁的中國男人之中，上海男人占了多少比例，但是顯而易見的中國男人好像真的漸漸吃香起來了，尤其是上海男人。

2.

不過，上海男人越來越多捨近求遠聯姻外國女子，真正的原因恐怕不止一端。有一份網路票選的調查報告〈中國男人的壓力〉指稱，上海男人的最大壓力是娶老婆難，而上海、北京、深圳、天津、長沙則都苦於房價瘋漲的沉重壓力。

我在上海搭出租車時和司機閒聊，知道他有個寶貝女兒，問他養女兒好還是兒子好，他說：

「當然是女兒好啊，誰要養兒子？女兒好好教育可以找個好女婿，養兒子除了栽培還得供一棟房，累死你！」

大陸的網站上廣為流傳的一項統計，即各地青年從交女友到娶回家當老婆的成本，上海果然拔得頭籌，要一百四十萬人民幣，北京次之，一〇七萬。其中以購屋為大宗，但那已是二、三年前的算法了，以去年大陸房價瘋漲的程度而言，這份資料已不具參考價值（後記）。

幾年前我看上海的婚宴大都是至親好友清簡數桌，如今其排場早已追過台灣的一般水準，更高檔的行禮如儀專案規畫，場面鋪張隆重。拍個婚紗也流行出國，例如北海道、京都、泰國、巴黎都是熱門景點。婚禮和婚紗照的公司有許多是台灣知名品牌來拓點的，生意看來不惡。

都說上海女人難養，也舉個例子給你瞧瞧，這是一個上海已婚白領發文在百度網的：

這對上海小夫妻，男人月入一萬二人民幣，稅後九千多，老婆月入九千，稅後七千，家庭收入算是很不錯的了。但是這個上海老婆抱持著「今朝有錢今朝花，莫使金卡空對月」的人生態度，常常刷卡刷到爆，因此每到月底就面臨零存款的危機。我們且來看看這個上海老婆是怎麼花錢的：化妝品、美容、美髮的開銷就不說了，燕窩一萬五，服裝基本在香港買，一年到香港治裝四次。

吃燕窩說是為了美容，一年就吃掉台幣七萬多，真叫人咋舌。難怪我在上海看到許多燕窩專賣店，原先還以為是那種賣南北貨高檔食材的，沒想到竟是女士們養顏美容的聖品。不過，也別以為砸大錢吃了就會青春永駐嬌美如花，搞不好大半是白木耳、寒天、蒟蒻，說不定還有三聚氰氨。

也聽說上海女人不做家事。我遇過兩位上海女導遊，都說上海女人是靠頭腦賺錢、不做勞力家務的，很自鳴得意的說唯一動過手的是按下洗衣機開關。

好吧，那麼家事不是阿姨做便是老公做了。

上海是個很奇特的都市，各階層的人都可以找到自己寄身的縫隙，有的人一餐飯花掉人民幣一千元，有的人兩元一碗麵果腹，街頭看到掏垃圾桶搶保特瓶的多得是。人力則是多到橫流成災的地步了。三五步一家髮廊或泡腳按摩店，鄉下來的洗頭妹抓腳弟工資低得可憐。清潔工阿姨一小時十元二十元不等，住家裡的傭人則每月一千五左右（注意：是人民幣，物價時時調整）。

清潔工作就交由這些阿姨做了，開銷不算大，但洗衣煮飯大都老公服其勞。可憐上海男人既要上班還要買菜煮飯，討了老婆簡直是跌入苦海。當然不做也可以的，天天上館子叫外賣，就看你是不是負擔得起。

所以，如果有日本女人或台灣老婆可以娶，上海男人豈有不喜出望外的道理？不都說日本女人溫柔體貼會做家事善持家嗎？更好的說不定還可以賺到嫁妝，我的那兩個朋友都說要出資幫女婿買房子，愛屋及烏嘛，女婿是半子哩！

3.

大部分的台幹被派到上海，我想行前一定都會聽到許多來自親友的告誡，最重要的一點是：小心啊，上海女人碰不得！

一般對上海女人的評語都是：時髦、聰明、世故、拜金、虛榮、刁鑽、精明、算計、厲害……會把你耍得團團轉玩弄於股掌之上。沒有三兩三，真的不要上梁山。

但是愛情之來是沒有預警的，邱比特愛神的箭更是矇了眼亂射一通。

如此這般，台幹A君戀上了上海女人，儘管旁人苦勸，父母力阻，他們還是力排眾議，決定共結連理。

要結婚第一要有婚房，台灣的父母咬牙出錢付部分房款，再辦銀行貸款在虹梅買了一套老公房，開始柴米油鹽甜酸苦辣的日子，也生了兒子，再沒有人記得去追問他們衣服誰洗、晚飯誰煮、孩子誰來帶。

過了三年多孩子都兩歲上幼兒園了，漸漸傳出兩人的摩擦，甚至翁婿兩人大打出手。起因據說是婚前說好要登記給老婆的房子一直延宕著沒有動靜，每遇泰山大人提起就裝聾作啞敷衍，氣得老丈人拍桌訓誡：這是人格問題、信用問題，大丈夫說話怎能不算話？何況還是立了誓寫了字據的。相繼出現的則是小孩入籍上海的問題、薪資家用的問題、生活習慣人生態度的問題……每天爭吵不斷，所有從前的花前月下甜言蜜語全都變成了狗屁倒灶的笑話。

在男方家長的想法則是：這樁婚姻一開始就是被設好局的，要房子要孩子還要銀子，上海女人真是太厲害，純情憨傻台灣男哪裡是她的對手？

清官難斷家務事，雞毛蒜皮聽得朋友耳朵長繭避之唯恐不及。好心的朋友相勸：孩子都生了，沒有必要諜對諜，也不必彼此斤斤計較，要房子就給她，讓她有個保障心理踏實些，不離婚財產也就是兩人的，一個屋簷下不要分工得太仔細……

問題發展到不可收拾是在翁婿大打出手之後，兩人都去驗了傷，女方告上離婚法庭。這才知道女方在合合分分爭爭吵吵之際，就已著手收集證據和相關資料。A君這也才恍然大悟為何之前遍尋不著他的護照和身份證。雖然聘了律師，但是律師告訴他這官司要打贏不容易：

「你是鬥不過那些上海小女子的！」

誰是誰非？真是清官難斷家務事。

妳，嫁了上海男人嗎？

你，娶了上海女人嗎？

兩姓合婚今世姻緣前生定，祝願有情人琴瑟和鳴白頭到老，王子公主不要被柴米油鹽打敗，要同心攜手從此過著幸福快樂的日子。

後記

寫這篇文章的時間是二〇一〇年一月，寫實，記錄了一個世代。那時上海新天地商圈新設未久，周邊居住樓盤大約一平方米三萬多人民幣。浦東濱江大道徐楓老公湯君年的「湯臣一品」典藏豪宅，開盤時每平方米十一萬多人民幣，賣了十八個月才只成交三件，而且有人笑稱是左手賣給右手。

風水十年一輪轉，很快的一個世代翻轉過去，一覺醒來什麼都像夢一場，世局、政局、經濟、文化、物價、流行……早已翻過幾重山，瞬息萬變，翻雲覆雨，叫人如墜五里霧，無法看懂。

煙火人生，你還能說什麼？

二〇二二年秋日修訂

帶著自己做的杯子去旅行

我用自己做的杯子喝咖啡

春寒。

站在角館車站前一望，幾棵櫻樹含苞未放，只有星星點點幾朵，在風裡招搖。武家屋敷群落大通上的高大枝垂櫻，虯老嶔崎的枝幹從黝黑木板牆裡探出頭來，小小花苞鬱結著尚未膨發，估計至少還要兩週才會盛開吧？

只有傳承館附近的一排枝垂櫻粉紅一片，一對新人抓緊了春光拍攝婚紗照。除了婚攝師，又圍了一圈大砲小砲相機，再外圈則是遊客伸長的手機，把新人團團圍個水洩不通。

我遠觀。透過小小間隙隱約看到新人幸福的笑容還透著幾分被包圍的無奈，櫻花多情的拂著她的臉。

看著人們的歡喜，花與人都春光滿盈春色無邊，我愛這春光旖旎，戀戀不捨離去。

角館到新青森，飛馳的新幹線車上，沿途掠窗而過的櫻樹也是花訊遲遲，東北地區的櫻花大概都還開不到三分吧，好像都被這波突來的寒流凍住了。

轉車來到弘前公園，不抱什麼希望卻有了意外的驚喜，花開七分，正逢週末，公園裡滿是賞花的人。買了一罐季節限定的櫻花啤酒，我坐在樹下等著花落懷中把春天抱個滿懷。

這季節，這春光，這難遇的一期一會。

拍了絕景天守閣的櫻花，再繞到西濠去。西濠堤岸的櫻樹高壯，花開得正熱烈，垂覆成櫻花隧道，人在花中行，也成花中仙。一陣風來，飄落的花瓣落入水中隨波逐流而去。估量再過幾天就要吹雪了，落花鋪滿河面，「花筏」勝景無雙，卻也壯烈令人惜。若遇強風急雨，常常早上才見頃，傍晚再經過時已是雨打風吹去，只留零落幾處殘紅。

走過西濠出追手門，我去探望一棵燦爛了一百多年的枝垂櫻。

藤田紀念庭園是私人宅第名園。我要看的不僅是老樹、老櫻、老宅、老情懷，還有一個心願。附設的喫茶室取名「大正浪漫喫茶室」，洋風建築，在短暫繁華昇平的大正時代的確是很浪漫很時髦的。飄香著咖啡和蘋果派誘人的香氣。

此時弘前市正在振興昔年的「藩士咖啡」，大正喫茶室是響應推廣的店家之一。當年的咖啡豆自歐洲引進時，除了是貴族追逐西潮、仿效歐風生活雅趣的奢侈品，更重要的是做為戍守邊疆武士治療腳氣、風濕、水腫的用藥。他們把配給的咖啡豆烘焙研磨成粉，再裝在布袋裡浸泡飲用。

我點了「藩士咖啡」。侍者送來托盤，含一壺、一杯，以及裝了咖啡粉的小布包。教我把布包投入壺中，再傾入熱水浸泡，濃淡自己掌握，泡好了倒入杯裡喝。是浸泡茶包的概念吧。據說古代鎮守日本北疆的藩士就是這樣喝咖啡的，或是煮成濃黑一大壺，當苦藥一般喝了。也的確是苦，治病用的。

小小布包在壺裡浸著，我不時轉動讓它受熱均勻，大約八分鐘吧，水色已由淡漸濃，飄出了重焙咖啡的苦香，看來適口。取出隨身帶著的咖啡杯，我手做的織部綠釉彩咖啡杯，徐徐斟入濃情琥珀色的咖啡，飲下，勝似玉液瓊漿。

我用自己做的杯子喝咖啡。

我帶著自己做的杯子去旅行。

原載二〇二三年二月十日《金門日報》副刊

玩陶樂無窮

掉入泥土世界，最早觸發的因緣是小時候玩補鍋補碗的泥巴遊戲嗎？

或是有一年從金門陶瓷廠帶回兩個瓷坯播下的種子？那兩個金門特產白瓷土的素坯，尚未進窯，可能一捏一碰就碎裂，我一路捧著飄洋過海，半路碎了一個，但終究把一個完好無損的帶回家了，不能煮水泡茶，卻彷彿是一個夢想的暗示。

夢，沉睡著。

直到有一次研習，聽到陶藝家宋廷璧說起這件事，原來我把它寫成文字發表時他看到了，覺得神奇。他這一提起彷彿也把我的夢想催發喚醒了。

我想要自己做一個壺。

我想要用自己做的壺煮茶喝。

彼時教育界正倡言多元教育發展學校特色，爭取到一筆經費毫不猶豫的創立了陶藝教室，但當時學校並無可擔任教學的師資，我挖坑自己跳，只好去拜師學藝，再現買現賣回來教小朋友。

下班後趕去學拉坯，弄得滿臉滿身泥漿再順道去市場購物，常常引來訝異的目光，不知這人究竟去哪兒弄來這一身泥水。

完全不識這泥坑水很深的情況下，我去了某個陶藝社，小有名氣的陶藝家，我慕名而去卻是學徒教的，按課表進行，不能多問。然我心急，因為必須現買現賣回來教學生，所以問題多多。大凡開班授徒，手藝和知識都是要賣錢的，一分錢一分貨，不會多給。我的問題常常得不到答案，只好找書自學，在錯誤中不斷修正。

新設的窰真是狀況百出，窰內氣氛一再測試調整，所幸都能迎刃而解，所有的失敗都成為寶貴的經驗。

最嚴重的則是我對某些釉藥過敏，上釉時必須全副武裝，護目鏡、口罩、面罩缺一不可，把自己包得像個蒙面俠，結果仍然弄得鼻紅眼腫全身起疹子，必須打針吃藥，有時想想真是何苦來哉。

但玩泥做陶真的是會入迷的，每一個步驟、每一道歷程都是驚奇，看著一塊塊泥土經過捏塑、上釉、窰燒，最後變成可用的器物或裝飾品，而且獨一無二，心中的成就感是筆墨無法形容的。

經過長久的等待，窰門一打開，小朋友陣陣驚呼：

「啊，我的杯子在那裡！」

「哇，好燙好燙啊！」

「看啊看啊，顏色還在變！」

也有嘴巴翹半天高哭喪著臉的：

「我的怎麼不見了？」

「因為你沒黏好，塌掉散掉了啊。」

最慘的是在窰裡炸飛，還殃及池魚撞壞了別人的精心傑作，討來罵聲連連。有時出窰了還聽到嗶嗶剝剝的聲音，心想一定前功盡棄了，沒想到竟變成美麗的冰裂。

看到小朋友這樣歡喜，所有課前課後的辛苦也都心甘情願了。

後來，因為請教疑難雜症認識了幾位陶藝家，真是各有所長，有的專攻壺藝，有的鑽研民俗，有的做柴燒大件……，形狀釉色琳瑯滿目。有些人走得遠，有些人半途離開了。能夠堅持下去的絕對有強大的興趣和企圖心，是百折不回的真愛，但也觀察到單純靠藝術生活是艱難的，大都另有本業支撐。民生經濟對藝術市場的影響極大，經濟活絡時，每一場展出都可賣出大半作品，以前聽聞有人開一次畫展便可買一棟樓或一部進口車，現在已沒有這樣的行情。大量的藝術創作都只能作者自己典藏，堆滿工作室。

藝術餵養著人們的性靈，是生活最重要的調劑，但若沒有經濟來源，藝術家要如何維持生計和創作呢？

我願無窮，但願藝術即生活，生活即藝術。藝術家人人得所安，潛心樂在創作。

原載二〇二三年二月十七日《金門日報》副刊

我的窰去了遠方

退休以後，我送給自己一個大禮物。設了工作室，買進電窰和一干設備，準備投入這個大泥坑。

為了喝茶，我自己做壺。手作，不拉坯。

旅行時參觀過製壺的工廠，各種大大小小形形色色材質各異的茶具，大都機製，統一規格灌模量產，少有特色。當然也會有一小部分展售的手作壺，造型就有趣得多，許多觀光客隨手拿起把玩，一個不小心摔落碰壞，被求償巨額，小損傷的就只能忍痛買下。顧客是不小心，但不知怎的我常覺得店家是故意。

店裡的手作壺也大都還要用上電動拉坯，只有極少數完全手作。小心掀開壺蓋，你會看到內裡接合處用指甲面輕輕整土的不規則紋痕，我喜歡這種手澤的溫暖，感受作者綿遠的情意。

所以我遵循古法，裁切接合土片，在手轉盤上用一根湯匙擴出茶壺圓圓的肚腹，小心修整壺蓋，切實掌握壺嘴、蓋紐、把手要在一條直線上的準則，如此大約也能做得有模有樣。

然則純手工做壺實在太辛苦，必須嚴格監控土的乾濕度，安全貼合，完美成形，再修坯打磨，等陰乾後再進窯，也不知會燒出什麼樣的成果。

做壺必須長時間坐著工作，常常一坐下就專心一意沒日沒夜忘天忘地，終於坐出了坐骨神經痛，痛到只能宣告投降了。

那就另闢蹊徑吧，回頭去做杯子、盤子、陶甕、陶罐。

我深愛陶作食器，曾在京都的茶室喫茶時，對著一個粗陶茶碗，愛到不忍釋手，小心翼翼的捧在手心摩挲又怕失手摔壞。

相較於瓷器的精美高雅，我更愛樸實的陶器，那種土與火與自然灰釉天雷勾動地火所造就的生活藝術是十分偉大的，這種生活陶用在茶具、食器上格外美好動人，質樸簡約，寧淡幽遠，可親可愛而且耐人尋味，生活的萬般情致真是一言難以道盡了。這樣的陶器在京都的料亭裡常有驚喜，類如北大路魯山人的蟹盤魚盤筆意，我最想要的就是這樣的陶器。

因為知道本身對某些釉藥嚴重過敏，只好買來書籍自行研究配釉，避開鉛鎳等成分。雖也喜歡天目釉結晶釉的層次繁複，或沉靜或炫麗多彩，但深知那是我的電窰條件無法追求的，玩得較順手的只有織部綠既穩定又耐看的顏彩，後來就逐漸偏重在灰釉系列了。帶著海沙石礫的粗陶，學魯山人畫一隻蟹一條魚，或幾根葱蒜茄子蘿蔔，或把白石老人的溪蝦也搬轉來，如此情深韻遠，雖是平凡歲月粗茶淡飯，用了這樣的食器，應也有煙火人生的清歡自在吧。

本來可以這樣一路玩下去的，產生倦怠是因為看不到進步，朋友來玩，時而做出一些粗劣隨意的物件，留也不是，棄也不是，看著心累，也覺得浪費。最大原因則是工作室設在市中心，離家十餘里。做陶時產出的泥水流入水溝，濁黃泅綠，別人不說什麼，我卻心有不安，怕日久淤塞。再者燒窯都在晚上離峰時段，設定好程式關上窰門我就回家去了。十二個小時長時間分段上升到攝氏一千三百度，隔日早上降溫了再開窰。

燒窯的晚上不在工作室，我幾乎提心吊膽一夜不成眠。雖設定了種種安全機閥，再加幾十上百次的經驗加持，廠商也一再強調是可以放心的，但誰能保證？誰敢賭那萬一？

剛好對於日近黃昏的晚安生活我已另有打算，所以就決定撤窯了，想把它送給需要的人，讓寒窯有新的生命。

我想起A，打電話約了見面。

A還好嗎？

藝術科班出身，初識時他剛辭去國中的工作，說是有更好的生涯規畫。後來常找他來學校講幾堂課，每次見他都是一輛破車載老婆孩子和一條老狗，人與狗都灰灰的。有幾次想買他的作品送人都說沒有。聽他說景氣不是很好，常常被訛被利用，幫了人家很多忙，好處卻沒他的份。用完即丟，他說。

疫情期間他的課更少了。

我說幸好女兒長大就業了。心裡想著真不知他是怎樣把孩子養大的。

還得付房租水電什麼的啊，生活總要自理吧。他說。

靠著在長青學苑幾堂課的鐘點費，生活的確是困窘的。

我把電窰等等設備都送給他了，希望物盡其用。

隔了半個月，他帶了幾個藝術學院的男生來把電窰運走了，原來他轉送給他們。

我是有點震驚的。幾分不悅。

幹麼轉手送人？好歹你也賣個價錢，一、二十萬的設備，不是小數目。

送A，原想對他的生計有些幫助。

他說他只燒柴窰。

原來把藝術生涯過得灰頭土臉人生潦草是這樣。

我的窰最終去了育幼院，聽說幾個大男生要教小朋友玩泥巴。

甚好，我這樣覺得。

原載二〇二三年二月二十七日《金門日報》副刊

語言文學類　PG2933　秀文學53

寫的是傾心
——蔡碧航散文集

作　　者 / 蔡碧航
責任編輯 / 莊祐晴
圖文排版 / 黃莉珊
封面設計 / 王嵩賀

發 行 人 / 宋政坤
法律顧問 / 毛國樑　律師
出版發行 / 秀威資訊科技股份有限公司
114台北市內湖區瑞光路76巷65號1樓
電話：+886-2-2796-3638　傳真：+886-2-2796-1377
http://www.showwe.com.tw
劃撥帳號 / 19563868　戶名：秀威資訊科技股份有限公司
讀者服務信箱：service@showwe.com.tw
展售門市 / 國家書店（松江門市）
104台北市中山區松江路209號1樓
電話：+886-2-2518-0207　傳真：+886-2-2518-0778
網路訂購 / 秀威網路書店：https://store.showwe.tw
國家網路書店：https://www.govbooks.com.tw

2023年5月　BOD一版
定價：420元

讀者回函卡

國家圖書館出版品預行編目

寫的是傾心 : 蔡碧航散文集 / 蔡碧航著. -- 一版. -- 臺北市 : 秀威資訊科技股份有限公司, 2023.05
面 ; 公分. -- (秀文學 ; 53) (語言文學類 ; PG2933)
BOD版
ISBN 978-626-7187-88-3(平裝)

863.55 112006023